KB019386

새김소리

고영리 지음

# 새김소리

우륵, 가야의 혼을
소리로 새기다

다른

# 차례

# 세 나라를 조율하는 자

## 1. 백제 땅에 퍼진 소문

고마나루(웅진이라는 지명의 유래가 된 공주의 옛 이름)를 끼고 있는 금강은 근래에 내린 비로 물이 넘실거렸고, 배들이 빼곡하게 들어와 정박하고 있었다. 평소에도 사람이 많은 고마나루는 요 며칠 왜국에서 들어온 배로 혼잡스러웠다. 보통은 강에서 고기를 낚는 어부들이나 어전에서 물고기를 사는 아낙들, 상인과 장돌뱅이를 위한 난전이 소박하게 벌어지곤 했지만 배가 들어와 있는 동안에는 왜국 선원들과 무역을 하는 장사꾼들로 바글바글 붐볐다. 타지에서 사람들이 들어와 낯선 얼굴도 많이 보였고, 오랜만에 만나는 사람들이 반갑게 떠드느라 배 들어 온 뒤의 고마나루는 들뜬 느낌으로 가득했다.

동네가 시끌벅적해지면 신나는 것은 어른들만이 아니었다. 동네 아이들 또한 새롭고 신기한 것들을 구경하려고 글공부와 집안일 돕기를 내려놓고 들뜬 마음으로 여기저기 몰려다니느라 바빴다. 이 시기만큼은 어른들도 아이들에게 크게 잔소리를 하지 않았다. 대놓고 축제가 벌어지지는 않았지만 모두가 적당히 즐기고 들떠 있는 시간임은 분명했다.

얼마 전부터 아이들이 특히나 배가 들어오는 날을 더 기다리게 된 것은 한 청년 때문이었다. 언젠가부터 배와 함께 마을을 찾아온 청년은 올 때마다 기가 막힌 이야기보따리를 풀어놓았다. 옛날이야기 같으면서도 생생하고, 환상적인 이야기 같으면서도 현실감이 넘쳐 아이들은 물론이고 어른들도 청년의 이야기를 즐겨 들었다. 청년은 이야기를 풀어놓은 뒤 늘 악기를 연주했다. 얼후(해금과 닮은 중국의 현악기)를 구슬프게 연주해 젊은 여인들을 눈물짓게 했고, 피리와 막목(대나무로 만든 옆으로 부는 피리)을 신명나게 연주해 모두를 덩실덩실 춤추게 했다. 어디서 온 지도 모르고 어디로 가는지도 모르며 이름도 나이도 알려지지 않은 채 그저 월금이라 불리는 청년이었다. 월금이라는 별칭도 워낙 월금(중국의 현악기로 비파의 한 종류)을 자유자재로 다루어 누군가가 붙여 준 이름이었다.

그날도 신나게 고마나루를 휘젓고 다니던 월금이 나루터 한쪽에 자리를 잡고 큰 소리로 사람들을 모으기 시작했다.

"자, 어서 모이십시오! 고마나루에 얽힌 슬픈 이야기를 풀어 드리리니!"

월금은 솔밭이 넓게 펼쳐진 공터에 자리를 잡은 채 바쁘게 지나다니는 사람들을 향해 연신 손짓을 했다.

"지금 아니면 들을 수 없는, 눈물 쏙 빼는 애절한 이야기라니까요! 거기 서 계신 어머니, 아이는 제가 봐 드릴 테니 얼른 장 보고 오시고. 거기 어르신, 딱 우리 아버지 같아서 그러니 요 앞에 앉아서 제 얘기 좀 듣고 가십시오. 어찌나 재미난지 시간이 안 아까울 겁니다. 자자, 다들 모이세요!"

넉살 좋게 호객하는 월금의 말에 두 손에 주렁주렁 짐을 들고 걸음을 옮기던 아낙들이 월금 옆으로 하나둘 모여들었다. 아낙들은 아이를 앉혀 놓고 총총 사라지며 월금의 손에 작은 보따리를 하나씩 쥐어 주었다. 아이를 잘 봐 달라는 무언의 표시였다. 월금이 사람 좋은 웃음과 함께 보따리를 넙죽넙죽 받아 챙기는 동안 어느새 수십 명의 사람들이 자리를 잡고 앉았다.

"자! 말씀드린 대로 오늘은 고마나루에 얽힌 이야기를 들려 드리겠습니다."

월금이 막 이야기를 시작하려는 찰나, 눈이 초롱초롱하고 똘똘해 보이는 사내아이가 쪼르륵 앞으로 와서 앉았다. 먼저 자리를 잡고 앉아 있던 아이들이 구박을 했지만 아랑곳하지 않았다.

"야! 이 거지가 어딜 끼어들어 와 앉아. 저리 가!"

"아, 더러워 진짜. 너희 엄마는 아무것도 안 갖다 줬잖아. 저 뒤로 가서 찌그러져 있으라고!"

"하긴 엄마가 없지. 엄마가 없으니 뭘 갖다 줄 수도 없겠지."

사내아이들이 한마디씩 던지며 밀쳐 냈지만 소년은 꿋꿋하게 버텼다. 오히려 아이들을 둘러보며 으름장을 놓았다.

"너희가 잘 모르는 모양인데, 이 나루터는 원래 내가 놀던 땅이거든. 여기에 너희가 앉아 있으니 오히려 나한테 돈을 내야 한단 말이지!"

"뭐? 이 거지 고아 놈이 대체 무슨 말을 하는 거야!"

소년의 당당함에 당황한 것도 잠시, 동네 아이들이 화를 내며 한꺼번에 우르르 공격을 하려는 찰나, 월금이 가운데로 쓱 끼어들며 소년에게 꾸벅 머리를 숙였다.

"아이고, 우리 동자님!"

아이들이 당황해서 주춤하는 사이, 월금이 계속 말을 이어 나갔다.

"오늘 이렇게 이야기보따리를 풀 수 있게 터를 빌려 주셔서 안 그래도 제가 인사 한번 올리려 했는데 말입니다!"

월금이 소년을 향해 눈을 찡긋했다. 그제야 상황을 파악한 소년이 거만하게 고갯짓을 했다.

"아니, 뭘 그런 걸 가지고. 자, 어서 이야기를 시작하시지요!"

"예. 그럼 시작하겠습니다!"

소년과 월금의 주거니 받거니에 당황한 아이들은 슬금슬금 뒷걸음질로 어정쩡하게 모여 앉았다. 월금이 씩 웃으며 이야기를 시작했다.

"자, 이 고마나루가 왜 고마나루냐! 그건 바로 슬픈 곰의 이야기가 전해 내려오기 때문입니다. 아주 오래전, 곰과 사람이 구분 없이 어우러져 살던 태평성대의 이야기로, 이곳 연미산에 암곰이 한 마리 살고 있었습니다. 이 곰은 사람이 되고 싶었습니다. 그래서 마을로 몇 번 내려가 보았지만 그때마다 사람들은 곰을 내쫓았지요. 곰은 그 어떤 사람보다도 다정했는데 사람들은 그 모습이 곰이라고, 자기들과는 다르다며 따돌렸습니다."

월금이 슬그머니 한쪽으로 고개를 돌렸다. 마을 아이들이 옹기종기 모여 앉은 쪽이었다. 곰을 따돌린 마을 사람들의 이야기에 아이들은 뭔가 찔리는 구석이 있는지 월금의 시선을 피하며 딴청을 부리기 시작했다. 월금이 씩 웃고는 이야기를 이어 나갔다.

"그러던 어느 날, 마을에 살던 한 나무꾼이 산에 올랐다가 길을 잃었습니다. 혼자 살던 나무꾼이었기에 마을에서는 아무도 그가 집으로 돌아오지 않은 것을 알지 못했고, 나무꾼은 그렇게 며칠을 홀로 산에서 헤맸지요. 그러다가 암곰을 만났습니다. 나무꾼은 처음에는 무서워 도망가려 했지만 다정하게 자신을 감싸 주는 암곰에게 조금씩 마음을 열기 시작했습니다. 그렇게 나무꾼은 암곰과 함께 산에서 살게 되었고, 사람이 되고 싶었던 곰은 행복했습니다. 비록 사람의 모습으로 바뀔 수는 없었지만 나무꾼과 함께 살면서 사람이 된 것처럼 느꼈거든요. 그렇게 아이를 둘 낳고 행복하게 살고 있었는데, 곰과 달리 나무꾼은 산속 생활에 만족하지 못했답니다. 자신에게 친절하지도 않고 살뜰하게 대하지도 않았지만 마을 사람들이 그리워진 거죠. 그렇게 인간 세상을 그리워하던 나무꾼은 어느 날, 암곰이 아이들과 함께 놀고 있는 틈을 타서 달아나 버렸습니다. 이 사실을 뒤늦게 알게 된 곰이 쫓아오며 제발 돌아오라고 애원했지만 나무꾼은 뒤도 돌아보지 않고 내달렸습니다. 그리고 몰래 만들어 둔 배를 꺼내 강을 건너 도망쳤지요. 그 모습을 보며 암곰은 아주 깊이 슬퍼했습니다. 그리고 그 슬픔을 이기지 못해 두 아이를 안고…… 그만 강으로 뛰어들고 말았답니다."

월금은 몰두한 채 자신만을 바라보는 사람들을 둘러보며 느리고 낮은 목소리로 천천히 이야기를 이어 나갔다. 마치 연극을 하듯 중간중간 몸짓까지 섞어 가며 열정적으로 이야기를 풀어내는 월금의 모습에 사람들은 넋을 놓은 채 집중했다. 몇몇 아낙은 눈물까지 글썽였다.

"뒤늦게 곰의 사랑을 알게 된 나무꾼은 후회하며 이 고마나루에 앉아 한없이 눈물을 흘렸습니다. 하지만 한 번 늦은 것은 영원히 늦은 것, 되돌릴 수가 없었지요. 그때부터 나무꾼은 이 금강에서 나룻배를 몰며 자신의 슬픈 이야기를 노래로 만들어 왔다 갔다 부르고 다녔다고 합니다. 바로 이렇게……."

극적으로 이야기를 마친 월금이 피리를 꺼내 불기 시작했다. 한없이 구슬프고 서러운 음색이었다. 마치 곰의 울부짖음처럼 처절하고, 나무꾼의 후회가 묻어나는 듯 애절했다. 그렇게 흘러가던 음악은 어느 순간, 곰과 나무꾼의 행복했던 시절을 회상하듯 부드러워졌고, 곧 무섭고 날카로운 음색으로 곰의 절망을 표현하기도 했다.

마치 앞에서 했던 이야기를 그대로 음률에 옮긴 듯 변화무쌍한 연주가 끝난 뒤, 조용히 고개 숙여 인사를 하는 월금에게 사람들은 우렁찬 박수와 함께 동전이며 쇠로 만든 장신구 등을 던져 주었다.

"감사합니다. 대단히 감사합니다!"

월금이 인사를 하며 관객들을 응대하던 그때, 동네 아이들에게 따돌림을 당했던 소년이 냉큼 뛰어나와 어디서 가져왔는지 커다란 자루를 들고 월금 앞에 쏟아진 것들을 주워 담기 시작했다. 그리고 마치 월금의 시종이라도 되는 것처럼 넉살 좋게 사람들에게 인사를 건네기도 했다.

"다들 고맙습니다. 다음 이야기 때 또 만나요!"

소년의 모습이 귀엽기도 하고 어이없기도 한 월금은 피식 웃고 말았다. 어느새 사람들은 이야기의 여운을 즐기며 하나둘 흩어지고 있었다.

"어이!"

소년이 고개를 들어 월금을 쳐다보았다.

"난 너를 고용한 적이 없는데 말이지."

"에이, 뭐 바라고 한 거 아니에요. 아까 구해 주신 게 감사해서 보답한 거지."

"구해 줘?"

"그 애들 앞에서 멋지게 절 구하셨잖아요. 전에 아버지가 그러셨어요. 누구든 주먹으로는 남을 구할 수 있지만 말로 구하는 건 정말 멋진 사람이나 할 수 있는 거라고."

"오호, 아버지가?"

"네. 지금은 돌아가시고 안 계시지만."

"너, 이 마을에 사냐?"

"네. 일단은요."

"일단······은?"

"몇 년 전 나라에 전염병이 돌 때 부모님 두 분 다 돌아가셨어요. 백제로 넘어온 지 얼마 안 된 때라 아는 사람도 없었고······."

"너, 백제 사람이 아니야?"

"가야 사람이에요."

"국경 넘어오기 힘들었을 텐데."

"아버지가 큰 토기를 만들어 그 안에 저랑 엄마를 숨겨서 백제로 들여보내 주셨어요. 토기 장수하고 친분이 있었거든요. 아버지는 며칠 뒤에 토기장이의 보조라고 둘러대고 들어오셨죠."

소년의 말을 듣던 월금이 중얼거렸다.

"국경 수비가 허술하다더니…… 다들 그런 식으로 들어오나 보군."

월금의 혼잣말을 듣지 못한 소년이 월금 앞으로 팔을 불쑥 내밀었다. 소년의 팔에 꽃이 새겨져 있었다.

"보세요, 가야 사람이에요."

"팔에 새긴 게 가야 사람이라는 뜻이야?"

소년이 옷소매를 내리며 고개를 저었다.

"아뇨. 가야 사람이라는 표식은 아니지만, 우리 가야 사람들은 이렇게 몸에 무언가를 새기는 걸 좋아하거든요. 이건 엄마가 좋아하던 꽃이에요. 봄이면 두류산(지금의 지리산)에 가득 핀 진달래를 좋아하셨어요. 엄마가 가야 사람인 거 잊지 말라고 새겨 주셨어요."

"그렇구나. 가야 사람이었어."

"왜요? 우리 가야가 지금은 좀 작아졌을지 몰라도 얼마나 훌륭한 나라인데요!"

"내가 뭐라 했냐? 왜 화를 내고 그래?"

"백제 사람들이 가야라고 하면 망해 가는 나라라고 무시하잖아요."

"그러고 보니 아직 이름도 모르네. 가야 꼬마! 그래서 네 이름이 뭐냐?”

“명구예요.”

“명구. 멋있는 이름이구나.”

“아라가야의 밝고 든든한 길이 되라는 뜻으로 밝을 명에 옥돌 구, 명구라고 아버지가 지어 주셨어요.”

“아라가야(지금의 경상남도 함안)라 하면, 말 갑옷을 잘 만들기로 유명하지.”

“어? 어떻게 아세요?”

눈을 동그랗게 뜨고 묻는 명구를 보며 월금이 씩 웃었다. 그러고는 허리를 굽혀 명구의 귀에 대고 속삭였다.

“내 고향이 성열현(지금의 경상남도 의령)이니까. 바로 옆 동네 사람이지.”

“그럼 당신도……?”

“쉿. 너만 알고 있어. 앞으로 자주 만나게 될 거 같으니까. 다음 달이 질 때쯤 이곳에 오게 될 테니 그때 또 보자꾸나.”

“그럼 그 전에는 어디 계시는데요?”

“꼬맹이가 궁금한 것도 많네. 여기저기 돌아다니지. 이야기도 하고 물건도 전하고…….”

“그럼 가야도 가고 신라도 가고 그래요?”

“가게 되면 가지.”

“그렇구나.”

고개를 끄덕이는 명구의 머리를 쓱쓱 매만지던 월금이 명구가 챙겨 놓은 자루에서 돈이 될 만한 것들을 몇 개 골라 품에 안겨 주었다.

"혹시나 해서 하는 말인데 내가 국경 넘나드는 건 비밀이다. 이 건 비밀을 지켜 달라는 의미에서 주는 거야. 이거면 한동안 먹고 살 수 있을 게다. 고기도 사 먹을 수 있고."

"이거 안 주셔도 되니까 저도 데려가 주세요."

뒤돌아 가려던 월금의 옷자락을 잡은 명구가 간절한 눈빛으로 월금을 뚫어지게 바라보았다.

"무슨 소리냐? 난 떠돌이 이야기꾼이야. 누군가를 건사할 여력 이 있겠니?"

"나, 당신이 누군지 알고 있어요."

"무슨 말이지?"

월금에게 한 발짝 다가간 명구가 절실함이 가득 묻어나는 표 정으로 천천히 대답했다. 마치 은밀한 비밀을 털어놓는 것처럼 사뭇 진지하고 조심스러운 명구의 모습을 보며 월금은 살살 새어 나오는 웃음을 꾹 눌러 참았다.

"당신은 여기에 가끔 오지만, 난 이곳에 살고 있어요. 그리고 이웃 동네까지 가서 구걸을 하죠. 사람들은 먹을 것과 돈은 아까 워하지만 내 옆에서 비밀 이야기를 떠드는 건 아무렇지도 않게 해요. 거지 꼬마가 뭘 알겠냐 싶은 거겠죠. 그래서 난 남들이 생각하는 것보다 많은 비밀을 알고 있어요."

"계속해 보렴."

월금이 흥미가 생긴 얼굴로 명구를 쳐다보았다. 명구는 잔뜩 긴장하긴 했지만 간절한 눈빛으로 또박또박 말을 이어 갔다.

"백제는 융성한 나라예요. 금강을 중심으로 왜나라와 교류가 활발하고 기름진 평야와 넉넉한 자원이 있죠."

"그건 누구나 아는 사실이고."

"그리고 백제 사람들은 용감해요. 신라 사람들이 영토를 넓히면서도 백제를 여전히 두려워하고 있죠. 문화도 멋져요. 향로나 토기는 아무리 못 만든 것이라 해도 왜나라 사람들이 앞 다투어 사 가려는 바람에 늘 모자랄 정도니까요."

"그것도 누구나 아는 사실이지."

"가야는…… 그런 백제와 신라 사이에 있는 작은 나라예요."

"그 또한 모두가 아는 사실 아니냐?"

"작지만 멋진 나라예요. 우리 가야 사람들은 꽃을 좋아하고 새를 믿어요. 하늘과 가장 가까이 닿아 있는 새를 섬기면 하늘의 뜻을 들을 수 있다고 생각하죠. 다들 영민하고 용감해서 백제와 신라 사이에서도 꿋꿋하게 살아남아 있어요."

"꼬맹이, 아니 명구야. 지금 내게 가야에 대해 시시콜콜 설명하려는 거냐?"

"이곳에 퍼진 소문, 이곳을 넘어 가야와 신라에까지 퍼진 소문을 말하려는 거예요."

"무슨 소문인데?"

"밀정이 있다는 소문이요."

"밀정?"

"나라를 돌아다니며 소문을 만들고, 그 소문으로 각 나라의 왕을 좌지우지하는 사람이 있대요."

명구는 누가 들을까 조심스러운 얼굴로 은밀하게 속삭였다. 그리고 자신이 들은 소문을 몇 가지 월금에게 전해 주었다. 누군가가 발명했다는 날개를 등에 달면 날 수 있다느니, 땅속에 숨어서 움직일 수 있다느니, 위장을 하여 벽에 붙어 있으면 삼 일 밤낮을 들키지 않을 수 있다는 허황된 소문들이었다. 그리고 그 말 끝에 명구는 모든 것을 알고 있다는 듯 단호한 표정으로 월금에게 속삭였다.

"그 밀정, 당신이죠?"

사뭇 진지한 명구의 말에 월금은 파안대소했다.

"우하하하! 이야, 꼬맹이 너 진짜 이야기꾼 소질이 있구나. 무슨 소린가 싶어 열심히 들었더니. 아이고, 정말 재미있구나. 간만에 아주 집중해서 들었다. 이거 잘하면 내 자리를 빼앗기겠는걸."

월금은 배를 잡고 웃으며 눈물까지 글썽였다. 어이가 없다는 듯 전력으로 웃는 월금을 보며 명구는 당황했다.

"그럼 아니란 말이에요?"

"당연히 아니지. 밀정 같은 게 있을 리가 없을뿐더러 난 그런 사람과는 거리가 멀어. 내 이름은 월금. 부모님은 지금도 성열현에서 농사를 지으시고, 위로 두 명 있는 누님은 집안일 도우며 잘 살고 있지. 난 공부도 싫고 농사일은 더 싫어서 이렇게 떠돌아다니며 살고 있을 뿐이야. 네가 어디서 무슨 소릴 들었는지는 모르겠지만 그런 얼토당토않은 말은 어서 잊어버리고 내가 준 쇠붙이들이나 팔아서 배나 불리거라."

"진짜, 아니에요?"

"아니라니까. 그리고 그런 소리 함부로 하지 마라. 내가 그런 밀정이라면 살아남을 수 있겠어? 아이고, 생각만 해도 무섭다. 행여 그런 오해받아서 끌려가 고초를 당할까 두렵구나."

"당신이 그 사람일 거라 확신했어요. 그래서 데리고 다녀 달라고 부탁하려고 몇 달을 별렀는데……."

"대체 왜 그런 생각을 한 거야?"

"항상 당신이 오면 들르는 곳이 있었어요. 토기 가게와 대장간. 당신이 다녀가고 이삼 일 안으로 지위가 높아 보이는 사람들이 와서 당신이 두고 간 물건을 사 갔고요. 그게 벌써 몇 번이나 반복되었거든요."

"내 물건을 그런 사람들이 사 갔다고? 나도 처음 안 사실인데?"

"그럼 그게 다 우연인가요?"

"내가 가져다 놓은 물건들이 멋졌으니 잘 팔린 거겠지. 그것만

가지고 내가 밀정이라고 확신하기에는 너무 섣부르다는 생각이
들진 않니?"

고개를 푹 숙인 명구의 머리를 살살 쓰다듬으며 월금이 다정하
게 말했다.

"실망시켜서 미안하구나. 하지만 아닌 건 아니지. 오늘 이 마을
에서 하루 머물까 싶었는데 시간이 애매해서 다음 마을로 가 봐
야겠다. 만나서 반가웠고, 다음 달에 보자. 응?"

명구가 시무룩한 얼굴로 고개를 끄덕였다.

"어서 가. 난 여기서 정리 좀 하고 갈 테니."

"네. 얘기 들어 주시고 이렇게 물건도 챙겨 주셔서 고맙습니다."

"천만에. 어서 가 보거라."

잔뜩 풀이 죽은 명구가 월금이 준 물건들을 챙겨 들고 터덜터
덜 마을 안쪽으로 걸어갔다. 멀리, 명구의 뒷모습이 시야에서 사
라지자 월금이 한숨을 푹 내쉬었다.

"거기, 계시지요?"

고개를 든 월금의 눈빛이 전혀 다른 사람처럼 싸늘하게 번뜩였
다. 나무 뒤에서 한 사람이 그림자처럼 스륵 나타났다.

"저잣거리 입단속을 좀 해야 할 것 같습니다."

복면을 한 사내가 말없이 고개를 끄덕인 뒤 월금의 귀에 대고
가만히 속삭였다.

"늘 만나던 곳에서 보자 하십니다."

말을 마친 사내는 순식간에 사라졌다. 몸을 숨기고 다니는 데 익숙한 사람임이 분명했다.

월금은 앞에 놓인 자루를 어깨에 턱 걸어지며 주변을 둘러보았다.

"그렇다면, 한번 가 볼까?"


## 2. 우륵이라 불린 사내

고마나루 옆, 소나무가 빼곡한 솔숲은 해가 뉘엿뉘엿 질 무렵부터 군인들의 경비가 삼엄했다. 무슨 일인지 궁금해하는 마을 사람들에게 군인들은 소나무만 걸리는 나쁜 병이 퍼지는 듯해 궁에서 군인들을 내보냈다는 핑계를 댔다. 몇 년 전, 마을 소나무들이 새까맣게 변하며 죽는 것을 목격했던 사람들은 군인들이 하는 말을 곧이곧대로 믿었다. 그러면서 나무까지 성실히 관리하는 무령왕의 치세를 칭송했다.

그렇게 사람들이 솔숲 근처에는 얼씬도 하지 않는 깊은 밤, 배한 척이 금강을 조용히 건너오고 있었다. 군인 둘에 시종 하나, 그리고 온통 검은 천으로 몸을 꽁꽁 싸맨 사람 하나까지 모두 네 명이 탄 배였다.

나루터에 배를 댄 이들은 천천히 숲 안으로 걸어 들어갔다. 숲속 깊은 곳에는 두 명이 마주 보고 앉을 수 있는 자리에 노란 비단이 깔려 있었고, 그 위에 작은 다과상이 놓여 있었다.

온통 까만 천으로 몸을 두른 사내가 천천히 천을 벗고 먼저 비단 위에 앉았다. 그가 앉자마자 숲속에서 사그락거리는 소리와 함께 월금이 모습을 드러냈다. 사내가 웃으며 월금을 반겼다.

"어서 오게."

"그간 별고 없으셨습니까?"

"별일 있을 게 뭐 있겠나. 앉게."

"운치가 좋습니다."

"솔 향이 좋지?"

"네."

사내가 천천히 찻잔에 차를 따르며 물었다.

"그래, 신라의 왕은 별말 않던가?"

월금이 잠시 멈칫하다 빙긋 웃으며 대답했다.

"같은 말씀을 물으셨습니다."

앉아 있던 사내, 무령왕이 씩 웃으며 대답했다.

"그 말인즉슨, 자네도 대답을 하지 않겠다는 뜻이로군."

무령왕이 건넨 찻잔을 받으며 월금이 말했다.

"두 분은 비슷한 점이 참 많습니다."

"지증왕도 같은 말을 하신 적이 있네. 나보다 한 해 먼저 왕위에 올라 짧게 신라를 다스렸지만 신라의 토대를 만든 것도, 왕권을 강화한 것도, 우리 백제를 위협할 만큼 신라를 키운 것도 그분이지. 타국의 왕이지만 존경할 점이 많았지. 내게 당신의 아들(법흥왕)과 닮은 점이 많다 하시며 한 나라에 있었으면 큰 기둥 둘이 되었을 것이라고 사석에서 말씀하신 적이 있다네. 내가 막 즉위했을 때…… 한 번 뵌 적이 있거든. 나랏일을 얘기할 때는 아주 냉정했지만 어린 나를 바라보는 눈에는 인자함이 가득했었지. 지금 그 아들과 내가 이렇게 으르렁거리며 전쟁을 준비하게 될 것도 그분은 예상하셨을 거야."

"그러셨군요."

무령왕이 다시 차를 한 잔 따라 마셨다. 월금은 무령왕이 잔을 비울 때마다 가만히 차를 채워 주었다. 주전자의 차를 다 마실 무렵, 무령왕이 가만히 월금을 바라보며 입을 열었다.

"이보게, 우륵."

우륵이라 불리자 월금, 아니 우륵의 어깨가 흠칫 떨렸다. 자신의 이름을 왕이 부른다는 것이 어떤 의미인지 그는 알고 있다. 지금껏 무령왕은 온 마음을 다해 간절할 때 외에는 우륵의 이름을 부르지 않았다.

우륵은 잠시 숨을 고른 뒤 천천히 고개를 들어 왕의 얼굴을 쳐다보았다. 평소 같으면 둘은 함부로 마주 앉지도 이렇게 눈을 맞추지도 못할 관계지만 이 솔숲에서만큼은 동등하게 마주 앉을 수 있었다.

"네, 전하."

"자네의 정보가 없으면 우리는 당장이라도 신라와 전쟁을 해야 하네."

무령왕의 목소리가 살짝 떨려 왔다. 그는 지혜로운 왕이기에 전쟁이 가져오는 것은 결국 백성들의 눈물뿐임을 알고 있다.

"그건 가야나 신라도 마찬가지일 것입니다."

"자네…… 우리 백제를 위해 일하는 것이 맞는 것이지?"

"얼마 전 신라의 왕께서도 똑같은 질문을 하셨습니다."

"무어라 답했는가?"

"저는 그저 세 나라의 균형을 위해 일하고 있다고 말씀드렸습니다."

"우문현답이로군."

"지금은 전쟁을 해서는 안 되는 시기입니다. 저는 세 나라를 다니며 거짓은 아니나 참도 아닌 정보를 드리고 있습니다. 불필요하게 일어나는 전쟁을 미리 막고, 서로 반목하고 으르렁거릴 상황을 피하기 위함이니, 제가 무엇을 전하건 세 나라의 왕께서는 제말을 믿으셔야 합니다."

"난 그래도 자네가 우리 백제 쪽에 좀 더 가깝다고 생각했는데……."

"그리 생각하셨다면 그게 맞겠지요."

"흠, 속 모를 사람……."

"대놓고 세 나라를 오가는 밀정인데, 속까지 보여서야 되겠습니까?"

"그래서 당분간은 숨어 있겠다고?"

"네. 고향으로 돌아가 몇 달 정보나 모으며 지내려고 합니다."

"뜻이 정 그렇다면 어쩔 수 없지. 여하튼 자네 정보 때문에 백가의 반란도 진압할 수 있었고 위천에서 고구려를 대파할 수도 있었으니, 우리가 한강의 일부라도 되찾게 된 것은 자네 덕이 컸네. 그 공을 잊을 수는 없지."

"과찬이십니다."

"앞으로 연락은 어찌하면 되겠는가?"

"지금처럼 토기에 새겨 보내겠습니다. 고마나루 장터 뒤 토기집에 맡겨 놓을 테니 그 토기를 사 가시면 됩니다."

"어떤 토기인 줄 알고?"

"긴목항아리에 고리자루칼을 그려 넣겠나이다."

"알겠네."

"아, 그리고 앞으로 토기 사 가는 자를 좀 허름하게 꾸며 보내시는 것이 좋겠습니다. 눈에 띄는 차림으로 사람들의 이목을 끌게 되면 위험할 수도 있을 듯합니다."

"명심하겠네."

무령왕이 천천히 우륵과 눈을 맞췄다. 맑지만 흔들림이 없는 우륵의 눈빛을 한참 들여다보던 무령왕이 희미한 미소를 지었다.

"자네의 고집을 꺾을 수 있는 이가 있기는 하려나."

나지막한 무령왕의 말에 우륵이 민망한 듯 고개를 숙였다. 왕의 명을 거절해야 하는 미안한 마음을 담은 것이었다.

"당분간 보기도 힘들 듯한데, 곡 하나만 연주해 주겠나."

"이곳에서 말입니까?"

"마을까지는 소리가 가지 않을 것이네. 혹여 흘러 들어간다 한들 이 밤에 누가 소리를 쫓아 여기까지 오겠는가. 차가 있고, 달이 있고, 바람까지 솔솔 부니 자네 음악을 듣기에 이보다 좋은 날이 또 올까 싶네."

"그러면 한 곡 연주하겠습니다."

우륵이 일어나 나무 뒤에 세워 둔 악기를 들고 나와 앉으며 다리에 걸쳐 놓았다.

"슬인가?"

"예. 하지만 소리가 날카로워 제가 임의로 줄을 바꾸어 연주하고 있습니다."

무령왕이 조용히 고개를 끄덕였고, 우륵은 눈을 감은 채 가만히 줄을 손으로 퉁겼다. 몇 번 음을 고르던 우륵이 천천히 연주를 시작했다. 느리게 시작해서 슬프게 흐르던 가락은 서서히 발랄해졌다가 화내듯 갈라지더니 이내 달래듯 살살 흘렀다. 마치 인간이 겪을 수 있는 희로애락을 모두 담은 듯한 가락이었다.

짧지 않은 연주 시간 동안 무령왕은 눈을 꼭 감은 채 움직이지 않았다. 왕 주변에 서 있던 이들도 넋을 놓고 연주에만 집중했다. 연주가 끝나고 우륵이 조용히 숨을 고르자 무령왕이 말없이 자리에서 일어나 우륵의 어깨를 툭툭 쳤다.

"몸 잘 챙기게."

"예. 부디 전하께서도……."

우륵은 돌아서 걸어가는 왕의 뒤에 대고 절을 했다. 그리고 왕이 어둠 속으로 사라질 때까지 가만히 앉아 있다가 몸을 일으켰다. 주변을 둘러본 우륵이 악기를 정리하며 입을 열었다.

"숨어 있느라 애쓰기는 했다만, 네가 뱉는 숨소리를 숨기느라 내가 너무 열심히 연주를 했다. 꼬맹이, 이제 그만 나오너라."

우륵의 말이 끝나기가 무섭게 바스락거리는 소리와 함께 나무 위에서 그림자 하나가 쑥 미끄러져 나왔다. 명구였다.

우륵이 무서운 얼굴로 명구의 옷깃을 잡았다.

"일단, 나가서 얘기하자."

우륵은 숲 밖으로 나와 나루터에 다다라서야 손에 힘을 풀고 명구를 바닥으로 내팽개쳤다.

"너!"

매서운 한 마디에 명구가 화들짝 놀라며 납작 엎드렸다. 그리고는 우륵의 바짓가랑이를 잡고 빌었다.

"몰랐어요. 진짜예요. 전 제가 짐작한 게 맞는지만 확인하고 싶었어요. 제 짐작이 맞다면 어떻게든 쫓아가려고요. 그런데 정말 전하가 거기 있을 줄은……."

"쉿!"

명구의 입을 황급히 막은 우륵이 주변을 둘러보았다. 이미 왕은 군사를 데리고 배를 타고 나간 듯 사위가 고요했다. 멀리서 찰박찰박 노를 젓는 소리만이 가늘게 들려올 뿐이었다.

"넌 목숨이 세 개쯤 되는 거냐? 누가 듣기라도 하면 어쩌려고."

"죄송해요. 하지만 먼저 거짓말을 한 건 당신이잖아요!"

"이 녀석이 그래도!"

명구는 움찔하며 두 손을 들어 머리를 막았다. 지금까지 많이 맞았던 듯 익숙한 방어 동작에 우륵은 마음이 아파 왔다.

"나는 떠도는 사람이다. 낮에도 말했지만 누군가를 건사할 수 있는 사람이 아니야."

"고향으로 가신다면서요. 저도 가야로 돌아가고 싶어요. 백제 땅은 이제 지긋지긋해요. 엄마 아빠가 죽고 전 고아가 된 땅이에요. 사람들은 똑똑하지만 냉정하죠. 어렸을 때 기억이긴 하지만 가야에서는 늘 웃고 춤추고 즐거웠어요. 엄마는 따뜻하게 데운 돌을 제 이마에 얹어 주며 평평한 이마로 잘생기게 태어났으니 돌을 올려 좀 더 납작한 이마가 되면 더 멋있어질 거라며 환하게 웃으셨어요. 아버지는 나무로 새를 조각해서 마당에 세워 놓곤 했죠. 새가 우리 가족의 이야기를 하늘에 전해 우리가 계속 행복하게 살 수 있도록 복을 가져다줄 거라고요."

명구는 울먹이면서도 끝까지 할 말을 다 했다. 우륵은 명구의 말이 끝나자 가만히 뒤돌아 걷기 시작했다.

"마을까지 데려다줄 테니 따라와."

자신의 간절한 말에도 꿈쩍하지 않는 우륵의 태도에 명구는 잔뜩 풀이 죽은 채 터벅터벅 따라 걷기 시작했다.

어두운 밤길을 우륵은 마치 자신의 마당 안에서 걷듯 느긋하게 걸었다. 그리고 조용히 노래를 흥얼거리기 시작했다. 가늘고 낮은 소리였다. 마치 현악기를 연주하는 듯한 소리에 명구는 자기도 모르게 훌쩍임을 멈추고 우륵의 노랫소리에 귀를 기울였다. 걸음을 멈추면 그대로 스르륵 잠이 들 것만 같은 포근한 소리였다. 마음에 쌓여 있던 서러움과 서운함이 조금은 가시는 듯했다. 우륵의 노랫가락은 음률에 어떤 사연을 담고 있는 것만 같아 귀를 기울일수록 단순한 노래가 아닌 속삭임처럼 들렸다.

우륵이 들려주는 노래를 듣다 보니 어느새 마을 어귀였다. 명구는 우륵에게 꾸벅 인사를 한 뒤 한 번 더 간절한 눈빛으로 바라보며 데리고 가 달라고 호소했다. 그 애절함을 모를 리 없었지만 우륵은 어서 마을로 들어가라는 손짓을 하며 명구의 부탁을 에둘러 거절했다.

명구는 터벅터벅 마을 안으로 발걸음을 옮겼다. 가야로 돌아갈 수 있는 기회를 놓친 것이 슬퍼 눈물이 쏟아졌다. 아직 어린 명구로서는 혼자 국경을 넘는 건 힘든 일이었다. 신분을 보장해 줄 누군가가 있어야 하기에 우륵을 따라가고 싶었는데 허사가 되어 버렸다.

점심과 저녁을 건너뛴 탓에 명구의 배는 요동치기 시작했고, 명구가 눈물을 뚝뚝 흘릴 때마다 그게 신호인 양 꾸룩꾸룩 소리를 냈다. 마을 한가운데 있는 우물에서 물 한 바가지를 퍼서 마시는 것으로 배고픔을 다스린 명구는 문이 열려 있는 집 안으로 조용히 들어갔다.

우륵은 멀리 떨어져서 명구를 지켜보고 있었다. 명구를 그렇게 보낸 것이 신경이 쓰였다. 하지만 세 나라를 은밀하게 오가는 자신의 처지에 아이를 데리고 다니는 것은 무리한 일이다. 또한 마을 인심이 야박하다고 한들 어린아이 하나를 품지 못할 것이라고는 믿고 싶지 않았다. 그동안 그래도 밥술이나 얻어먹고 살았던 모양이니 달포에 한 번씩 마을에 들를 때마다 오늘처럼 곡식과 바꿔 먹을 수 있는 것들을 나눠 주면 그래도 연명은 하지 않을까 하고 우륵은 생각했다.

우륵이 자신의 판단에 위안하며 뒤를 돌아 발걸음을 옮기려는 찰나, 명구가 들어간 집에서 시끄러운 소리와 함께 명구가 지르는 비명 소리가 났다. 화들짝 놀란 우륵이 뛰어 들어갔다. 환하게 불을 밝힌 집 마당에 명구가 쓰러져 있고, 잔뜩 화가 난 남자가 몽둥이로 명구를 때리고 있었다.

"이게 무슨 짓입니까?"

놀란 우륵이 명구를 감싸 안았다. 갑자기 나타난 우륵을 보고 놀란 집 주인 부부가 멍하게 서 있다가 우륵의 얼굴을 알아보고는 반색을 하며 사연을 풀어놓기 시작했다.

동네를 떠돌아다니며 빌어먹는 고아를 며칠 집에서 재워 줬는데 밥도 많이 먹고 일도 서툴러 영 마음에 들지 않던 차에 오늘 아이의 짐 보따리에서 이상한 물건들을 발견했다며 어디서 훔친 물건인지를 따져 묻는 중이라 했다.

부부가 우륵 앞에 물건들을 펼쳐 놓았다. 누가 봐도 버린 것이 분명한, 조잡하게 뜯긴 천 조각 몇 개와 깨진 돌 구슬, 그리고 낮에 우륵이 준 쇠붙이 장식들이었다.

"이거 보십시오. 이건 절대 이 아이가 가질 수 있는 물건이 아닙니다. 지금까지 도둑을 집에 들이고 있었지 뭡니까. 이런 버릇은 초장에 다잡아 가르쳐야 합니다."

"내가 준 물건입니다."

우륵이 낮고 무서운 목소리로 말하며 명구를 안아 일으켰다.

"뭐라고요?"

당황한 부부가 서로 바라보며 의아하다는 듯 물었다.

"내가 준 물건이라고 했습니다. 이 아이가 오늘 낮에 나를 도와주어 고마운 마음에 준 물건입니다!"

흐느끼는 명구를 품에 안은 채 우륵이 버럭 소리를 질렀다. 우륵의 기세에 눌려 주인 부부는 말없이 서로 바라보며 눈치만 보기 시작했다. 시끄러운 소리에 하나둘 모여든 동네 사람들은 담장 너머에서 흘낏거리며 상황을 지켜보았다.

"아이에게 묻지 않았던 겁니까? 물었다면 이 아이는 솔직하게 내가 준 물건이라 대답했을 텐데. 아니, 지금 주인장의 모습을 보니 아이가 솔직하게 대답했더라도 그 말을 믿지 않았을 게 분명합니다. 대체 이 어린아이가 무슨 잘못을 했다고 이 밤에 이렇게까지 모질게 때린단 말입니까!"

부부는 아무런 대답도 하지 못한 채 가만히 있었다.

"어서 짐을 챙기거라. 나와 함께 가자."

명구가 맞아서 부은 눈을 번쩍 뜨고 우륵에게 되물었다.

"진짜요? 진짜로 함께 가요?"

우륵이 가만히 고개를 끄덕인 뒤 주인 부부를 쏘아보았다.

"그래도 지금껏 재워 주고 밥이라도 한 술 준 정을 생각해서 이만 물러나지만 앞으로 살면서 절대로 어린아이들에게 손대지 마십시오. 꽃처럼 귀한 생명들입니다. 함부로 대할 수 있는 존재가 아니란 말입니다."

집 주인 부부를 향해 매섭게 마지막 말을 뱉은 우륵이, 짐이랄 것도 없는 보따리를 들고 나온 명구의 어깨를 손으로 한 번 꼭 쥐었다 놓았다.

"가자, 어디로든 떠나 보자."

명구는 성큼성큼 앞서 걷는 우륵의 뒤를 신이 나서 따라 걸었다.

## 3. 닮은 아이

함께 길을 나선 두 사람은 쉼 없이 걸었다. 열 살 남짓한 명구가 걷기에는 길도 험하고 잠자리도 편하지 않았지만 명구는 단한 번도 불평하지 않고 열심히 우륵을 따라다녔다.

산에서 덫을 놓아 토끼를 잡아먹을 때도 명구는 똘망똘망 눈을 반짝이며 우륵이 하는 행동 하나하나를 모두 흡수하려는 듯지켜보았고, 풀잎을 따 피리를 부는 우륵을 자세히 관찰하고는몰래 풀피리를 연습했다.

함께 다닌 지 열흘쯤 되자 명구는 우륵을 쫓아다니는 꼬맹이에서 든든한 조력자로 자리매김을 했다. 처음에는 살아 있는 물고기 눈만 봐도 눈물을 글썽이더니 이제는 통발에 잡힌 물고기를 가져와 우륵이 손대기도 전에 척척 토막을 내 놓고, 나뭇가지를 주워다가 불도 붙여 놓았다. 불붙이는 것도 못 해서 젖은 가지를 넣어 두고 매운 연기에 눈만 껌벅거리던 녀석이 이제는 불씨가 튀지 않게 돌로 벽도 세우고 굵은 가지와 가는 가지, 마른 가지와 낙엽을 체계 있게 쌓아 불을 오래 유지하는 법도 터득했다. 그러고는 불붙이는 건 자신이 우륵보다 낫다며 우륵을 가르치려고 들어 투닥거리기도 했다. 자기 전에 커다란 잎을 뒤집어 놓아모은 이슬을 다음 날 아침 우륵에게 건네기도 하고, 눈썰미 있게먹어도 되는 열매와 그렇지 않은 열매를 구분해 우륵의 손을 덜어 주었다. 그렇게 함께 다니면서 어느새 우륵도 명구를 의지하며 사소한 것은 믿고 맡기게 되었다.

명구는 매일 신나서 열매를 모으고, 기꺼이 땔감을 가져다 불을 피웠으며 행복한 얼굴로 먹고 더할 나위 없이 만족한 얼굴로 누워 잠을 잤다. 여정이 시작된 지 보름쯤 되는 날이었다.

"너, 글은 읽을 줄 아니?"

냇가에서 잡은 고기로 든든하게 점심을 먹고 한가로이 그늘에 누워 쉬는 시간, 품에서 몰래 천 조각을 꺼내 보던 명구를 흘깃 보며 우륵이 물었다. 명구가 화들짝 놀라며 얼른 천을 덮었다.

"제가 감히 어떻게요."

"그런데 그 천 조각은 왜 그렇게 들여다보는 거야? 뭔가 글이 적혀 있는 거 같은데?"

"아뇨. 글 같은 건 없어요. 엄마가 남겨 주신 거예요."

"어머니가?"

"네. 엄마가 돌아가실 때 입고 있던 옷 조각이에요. 병에 걸려 죽은 사람의 물건은 다 태워야 한다며 사람들이 옷째 불에 태웠 거든요. 간신히 이 조각 하나만 숨길 수 있었어요."

"어디 한번 보자."

우륵이 손을 내밀자 잠시 망설이던 명구가 천 조각을 우륵의 손에 올려놓았다.

"어머니가…… 왜와 관련이 있으셨니?"

"어떻게 아세요?"

"가야의 직공들이 왜국에 가서 짠 비단인 듯해서."

"맞아요. 엄마의 엄마. 그러니까 외할머니는 가야에서도 천을 잘 짜기로 유명한 분이셨대요. 왜국에 가서 천짜기를 가르치다가 돌아가셨는데 그때 엄마에게 유산으로 온 비단으로 옷을 지어 입으셨대요. 외할머니를 기억하고 싶어서."

"그랬구나."

"그런데 그런 걸 어떻게 아세요?"

"비슷한 사연을 가진 사람들을 알거든."

"정말요? 그러면 왜국과 가야의 이야기도 아세요?"

"궁금하니?"

"네. 저는 엄마에게 가야가 왜국에 문화를 전해 줬다고 들었는데, 동네 아이들은 백제가 왜국에 문화를 전해 준 거라며 저한테 거짓말을 한다고 했거든요."

"흠, 둘 다 맞는 말이니 억울해할 건 없다."

"아, 그래요?"

"하지만 나는 가야가 먼저 왜국에 문화를 전해 줬다고 생각한다."

"어째서요?"

"오래전, 선비족에게 멸망한 부여의 전사들 가운데 일부가 가야로 들어와 가야 사람으로 살다가 왜국의 야마토(지금의 일본 나라 지방)로 넘어가서 나라를 세웠거든. 왜국은 철과 농산물이 풍부한 가야와 교역을 하며 가야의 문화를 받아들였어. 가야는 문화도 전해 주고 무역도 하다 보니 왜국에 갈 일이 많아져 미나마라는 분국分國도 세웠단다. 뭐, 일종의 식민지라고 할 수 있지."

"분국까지요? 우아, 대단해요."

"그때는 오히려 신라가 가야에게 시달렸었어. 결국 가야와 왜를 다 견디지 못한 신라가 고구려에 도움을 청했고 그때부터 가야의 세력이 약해진 거지."

"아, 그렇구나."

"그래서 결국 지금은 이렇게 내가 백제와 신라를 왔다 갔다 하면서 균형을 잡고 있지만 사실 가야가 언제까지 버틸 수 있을지는 잘 모르겠다."

"가야가 삼국을 통일할 수도 있는 거잖아요."

"그건 아무도 모르지. 예전의 가야라면 가능했을지도. 어쨌거나 지금은 가야 여섯 연맹 중에 어느 하나도 힘을 한군데로 모으지 못하고 있으니 뭐……."

"가야의 이야기가 궁금해요. 엄마가 여섯 알인가 아홉 알인가 하는 이야기를 해 준 적이 있는데 너무 어렸을 때라 잊어버렸거든요. 혹시 그 이야기 아세요?"

"가락국 건국 이야기 말이냐?"

"네. 그거요! 너무 궁금해요."

"알에서 사람이 태어났다는 것을 믿을 수는 없지만 그래도 옛날이야기처럼 재미는 있으니 한번 해 줄까?"

"네! 지난번에 나루터에서 해 주신 고마나루 얘기처럼요!"

"이야기꾼에게 이야기를 청했으면 응당 그 대가가 있어야 할 터, 너는 내게 무엇으로 보답을 할 테냐?"

우륵의 질문에 명구는 순간 당황했다. 우륵은 자신이 농담으로 건넨 말에 얼굴이 발갛게 달아오른 명구를 보며 놀려 주고 싶은 마음이 들었다. 그러면서 이런 마음이 드는 걸 보니 벌써 명구와 정이 많이 들었다고 생각했다.

잠시 고민하던 명구의 얼굴이 환해졌다. 주섬주섬 봇짐에서 무언가를 꺼낸 뒤 우륵에게 불쑥 내밀었다.

"아따, 후하다!"

명구의 손에는 우륵이 명구에게 주었던 쇠붙이가 놓여 있었다. 명구의 순발력에 감탄하며 우륵이 명구의 머리를 쓰다듬었다.

"어서 앉아라. 먼지가 날려 얘기를 시작할 수가 없지 않으냐."

"예!"

명구가 잽싸게 자리를 잡고 앉았다. 그러고는 초롱초롱한 눈으로 우륵을 쳐다보았다. 수많은 사람 앞에서도 떨지 않고 이야기 보따리를 풀어내던 우륵이지만 이렇게 집중해서 자신을 바라보는 한 사람을 위한 자리는 처음이라 조금 떨리기도 했다.

"아주 먼 옛날, 그러니까 지금 금관가야(지금의 김해)가 있는 땅에서 있었던 일이다. 비옥한 그 땅을 다스리는 건 아홉 명의 촌장이었지. 모두 함께 마을 일을 논의하고 공평하게 곡식을 나누면서 백성들을 다스리던 시절이었지. 그들은 구지봉 아래 모여 이런저런 일을 의논했단다."

"아홉 명이나요?"

"그래. 신천간, 신귀간, 유천간, 오천간, 피도간, 오도간, 여도간, 아도간, 유수간이라는 이름의 아홉 촌장이었지. 그들이 모여 사는 마을의 북쪽에는 거북이가 엎드린 모양의 작은 산이 있었는데 거북이를 닮았다 해서 구지봉이라 불렀단다."

"아, 기억나요. 구봉이라고도 불린다는 그 산!"

"맞아. 어느 날 그곳에서 노랫소리가 들려왔는데 바로 이 노래지."

우륵이 주섬주섬 짐에서 토제방울을 꺼냈다. 주먹보다 작은 크기의 방울 여섯 개에는 각각 거북이와 관을 쓴 남자, 춤추는 여자, 하늘을 올려다보는 사람 등이 그려져 있었다. 둔탁한 듯하면서도 제법 맑은 소리가 나는 방울을 가만히 흔들며 우륵이 노래를 시작했다.


거북아 거북아 머리를 내놓아라
노래 부르며 춤을 추어라
하늘이 내게 나라를 세우라 하니

너희는 봉우리의 흙을 파며 노래하여라

그리하면 너희에게 왕이 생길 것이다

너희가 부를 노래는 이것이니 모두가 불러라

거북아 거북아 머리를 내놓아라

내놓지 않으면 구워서 먹으리니.


노래를 두 번 반복한 우륵이 가만히 방울을 내려놓고 이야기를 이어 나갔다.

"그 소리를 듣고 아홉 촌장과 마을 사람들은 구지봉에 올라 노래를 부르며 춤을 추고 구지봉의 흙을 파기 시작했지. 그렇게 노래와 춤을 이어 나가던 어느 날, 하늘에서 자주색 줄이 내려왔고 줄 끝에는 붉은 보자기로 감싼 금으로 된 상자가 하나 매달려 있었단다."

"하늘에서요? 우아, 노래를 듣고 감동했나 봐요."

"그렇지. 아홉 촌장은 곧장 상자를 열어 봤고, 그 상자 안에는 황금알 여섯 개가 들어 있었단다. 촌장들 가운데 나이가 가장 많은 이가 집으로 가져가 극진히 보살핀 지 열흘하고도 이틀이 지난 날, 알이 깨지면서 여섯 사람이 태어났어."

"진짜 알에서 사람이 태어났다고요?"

"원래 건국 신화는 신비로운 거 아니겠니? 여하튼 아이들은 태어난 지 열흘이 지나자 어른이 되었단다. 아홉 촌장은 그중 가장 먼저 태어난 아이에게 수로라는 이름을 붙여 주고, 금빛 상자에서 나왔다 하여 성은 금을 뜻하는 김金이라고 했지. 며칠 뒤 보름달이 뜬 날, 아홉 촌장은 김수로를 왕으로 모시는 제를 지냈고 다른 다섯 명도 각각 왕의 자리에 올랐단다."

"그래서 여섯 개의 가야가 생겨난 거로군요."

"그래. 고령가야, 대가야, 성산가야, 소가야, 아라가야가 나머지 다섯 아이가 왕이 된 가야이고 김수로가 왕인 가야국(가락국)과 함께 여섯 나라가 된 것이란다."

"그러면 아홉 촌장이 있기 전에는 가야국이 없었던 거예요?"

"음. 그건 아니야. 작은 나라들이 각자 살아가고 있었지."

"아, 그렇구나."

"그런데 너도 알겠지만 나라의 세력이 약하면 주변 나라에 휘둘리게 마련이거든. 그래서 서로 연합하고 돕고 하다가 합쳐지기도 하고, 전쟁을 하다가 멸망하기도 하면서 정리가 되어 간 것이란다."

"많은 사람들이 다치고 죽었겠네요."

문득 가야를 떠나야 했던 시절이 생각난 듯 명구가 침울한 표정으로 중얼거렸다.

"그랬지. 특히 포상팔국 전쟁 때는 더 심했지."

"포상팔국 전쟁이요?"

"아마 그 전쟁만 아니었어도 지금 가야가 이렇게 신라의 눈치를 보고 백제를 조심하면서 살지는 않았을 거야."

"그게 어떤 전쟁인데요?"

"내가 알기로는 최초의 바다 전쟁이지. 우리 가야가 철을 잘 다루는 건 알고 있지?"

"그럼요. 제 아버지도 대장장이 못지않게 철을 잘 다루셨는걸요."

"철과 더불어 가야를 풍성하게 만들어 준 것이 무역인데, 특히 중국을 상대로 무역을 하고 문물을 받아들인 것이 큰 역할을 했어. 그런데 문제는 가야의 작은 나라들이 이 중국 문물을 더 많이 받아들이기 위해 서로 싸운 거야. 힘을 합치면 좋았을 텐데 바닷가에 있던 여덟 나라가 가야국을 공격한 거야. 가야국은 이를 감당하지 못하고 신라에게 도움을 청했고, 간신히 이기기는 했지만 가야는 전체적으로 더 약해지고 말았지."

"아, 듣기만 해도 너무 슬퍼요."

"전쟁은 언제나 슬픈 거야, 아픈 거고. 여하튼 이 전쟁으로 가야의 작은 나라들이 뿔뿔이 흩어지고 사라지나 싶었는데, 다행히도 가야라는 이름을 이은 채 나라를 이어 나가고 있는 곳이 있었어."

"어? 반로국이요?"

"그래. 너도 아는구나. 반로국 사람들은 자기네 나라를 반로국 또는 가라국이라고 부르다가 큰 가야라는 뜻의 대가야로 이름을 정리했단다."

"거기가 선생님 고향이잖아요!"

환하게 웃으며 말하는 명구를 보며 우륵이 빙긋 마주 웃어 주었다.

"맞아. 대가야와 아라가야가 붙어 있는 곳, 성열현이 내 고향이지. 거기에서 산 두어 개를 넘으면 네 고향이고 말이야."

"선생님은 정말 훌륭한 이야기꾼이에요! 이제 가야로 가는 길에 만나는 모든 게 예사롭지 않게 보일 것 같아요. 나무도 풀도 돌도 다 자기만의 이야기를 가지고 있는 것처럼 느껴져요!"

"잘 기억하고 있다가 이다음에 네 아이들이 태어나거든 꼭 전해 주거라. 이런 이야기는 전해지지 않으면 아무런 소용이 없으니 말이다."

"네, 명심할게요. 그런데 우리 가야는 누구랑 더 친해요?"

"누구랑 더 친하다니?"

"지금 가야는 백제와 신라 사이에 있잖아요. 어느 나라와 더 친한지 궁금해요."

"어느 나라와도 친하지 않다."

"그게 무슨 말이에요?"

"나라와 나라가 친한 것이 어디 있겠니. 다 내 백성이 더 중하니 언제고 내 백성에게 해가 될 것 같으면 가차 없이 돌아설 수 있는 것을. 약한 나라의 백성이니 눈치도 보고 숨어 있기도 하면서 평화로운 시절을 좀 더 길게 늘려 보려고 할 뿐 누구와 더 친하고 친하지 않고는 중요하지 않단다. 내가 이렇게 왔다 갔다 하는 것도 그 어느 곳보다 아름답고 재주 많은 사람들이 살고 있는 가야라는 나라를 좀 더 오래 지속시키고 싶어 노력하는 것일 뿐이지. 이 일도 언제까지 할 수 있을지는 모르겠구나."

우륵의 표정이 쓸쓸해졌다. 어떻게든 이 땅에 전쟁이 일어나는 것을 막아 보고 싶어 온갖 지혜를 짜내어 고군분투하고 있지만 이 평화가 언제까지 갈 수 있을지는 그 누구도 알 수 없는 까닭이었다.

슬픈 눈으로 먼 산을 바라보는 우륵을 보며 명구는 벌떡 일어났다. 오랜 시간 남의 집을 전전하며 지낸 탓에 명구는 그 누구보다 눈치가 빨랐다. 다행인 건 타고난 천성이 밝고 명랑해 크게 기죽지 않는 점이었다.

"아우, 재미있는 이야기를 듣다가 해야 할 일을 잊었네요. 더 늦기 전에 가면서 먹을 열매를 좀 따 올게요. 길 다닐 때는 물보다 열매가 낫더라고요!"

묻지도 않은 말을 일부러 하면서 명구는 슬그머니 숲 안쪽으로 사라졌다. 우륵에게 혼자 있는 시간을 주려는 의도였다.

명구의 뒷모습을 보며 우륵이 피식 웃었다. 처음 명구를 봤을 때 느꼈던 동질감이 어디서 온 것인지 알 것 같았다.

'그래, 나도 어머니가 슬픈 표정을 지을 때면 어머니가 좋아하

는 열매를 따러 혼자 산을 오르곤 했었지.'

우륵은 가만히 눈을 감았다. 감은 눈 뒤로 어린 시절의 풍경이 그림처럼 펼쳐졌다. 바로 어제인 것처럼 생생한 모습이었다.


## 4. 성열현의 말썽꾸러기


"열아! 열이 어디 있니?"

한 여인이 마당에서 주위를 두리번거리며 누군가를 부른다.

"애가 또 어디 갔담."

한두 번 있는 일이 아닌 듯 한숨을 내쉬는 여인 앞으로 머리를 길게 늘어트린 여자아이가 폴짝폴짝 뛰어 들어왔다.

"아주머니!"

"화보야, 너 우리 열이 어디 있는지 아니?"

"우륵이요?"

"그래. 그런데 넌 왜 우리 열이를 꼭 우륵이라고 부르니?"

"열이는 집에서 부르는 이름이잖아요. 전 열이랑 같은 집에 사는 식구가 아니니까 우륵이라고 부를래요!"

당돌하게 대답하며 웃는 여자아이를 보고 우륵의 어머니는 신통하다는 듯 머리를 쓰다듬었다.

"우리 화보는 참 똑똑해. 열이가 화보 반만 닮아도 좋을 텐데."

"왜요. 우륵이도 똑똑해요. 겨우 열세 살인데 못 다루는 악기가 없어서 사방에서 칭찬 듣잖아요. 얼마나 부러운지 몰라요."

"사내 녀석이 악기를 잘 다루면 뭐 하누. 부잣집 도련님도 아니고 지 아버지 따라 배 타고 바다로 가야 할지도 모르는데."

"우륵이는 배 안 탄댔어요. 세상을 떠돌아다니면서 큰일을 할 거라고 했는걸요."

"에휴, 되지도 않는 소리……."

하나밖에 없는 아들 우륵 위로 누나 둘은 일찌감치 철이 들었다. 하나는 누에를 쳐서 비단을 만드는 데 탁월한 소질을 발휘했고, 다른 하나는 마를 키워 세포(곱게 짠 베)를 잘 짜기로 유명했다. 두 딸은 종일 쉬지 않고 천을 짰고, 이를 우륵의 아버지가 배에 싣고 왜나 중국으로 가져다 팔곤 했다. 한번 배를 타고 나가면 달포는 지나야 돌아오곤 했다.

아버지가 집에 올 때마다 푸짐하게 상을 차려 내놓는 것과 아버지 몸에 물고기, 새, 해, 달 등을 새겨 넣어 다음 항해도 무사히 다녀올 수 있게 빌어 주는 것이 우륵의 어머니가 가장 신경 쓰는 일이었다. 가야 사람들은 자신이 기원하는 것들을 몸에 새겨 넣어 항상 그것을 잊지 않도록 하는 관습이 있었는데, 우륵의 어머니는 새겨 넣는 솜씨가 좋아 가끔 동네 사람들도 부탁을 하곤 했다.

아버지가 탄 배가 들어올 때가 되면 부지런히 천을 짜던 우륵의 누이들은 천 짜는 시간을 줄이고 평평한 돌을 데워 서로의 이마에 얹은 채 누워 있곤 했다. 가야 사람들은 앞이마가 평평해야 예쁘다고 생각했다. 이마가 평평하면 눈꼬리가 올라가고 코도 오똑해 보인다고 좋아했기 때문에 두 누이는 아버지께 예쁜 모습으로 인사하고 싶다며 앞 다투어 이마에 돌을 올려놓았다.

누이들이 천짜기를 멈출 때 우륵이 꼭 해야 하는 일이 있었다. 적당한 크기의 돌을 구해 둥글게 갈아 가락바퀴를 만드는 것이었다. 옷감을 짜기 위해서는 먼저 실을 만드는 물레가 필요한데, 가락바퀴는 물렛가락에 끼워 회전시켜 실을 만드는 기구다. 여자 힘으로는 만들기 어려워 손이 야무지고 힘이 좋은 우륵이 미리 만들어 놓지 않으면 누이들이 실을 만들 수가 없었다.

그런데 벌써 며칠째 우륵은 가락바퀴도 만들지 않고 시간만 나면 어디론가 사라져 나타나지를 않았다.

"그래서 화보야, 우리 열이 어디 있는지 아니?"

거듭 물어보자 그제야 화보가 머뭇거리며 대답했다.

"지금 뒷산에서 풀을 뜯고 있어요."

"풀을?"

"네. 뒷산 벼랑 근처에 피리 만들기 좋은 풀이 많다고……."

"아니, 거기까지 갔단 말이니?"

화들짝 놀란 어머니가 손에 들고 있던 그릇을 떨어트렸다. 뒷산 벼랑 주변에는 귀한 나물도 많이 나고 예쁜 꽃도 많지만 지형이 험해서 어른들도 잘 가지 않는 곳이었다. 그런 곳에 우륵이 가 있다니 어머니는 속이 타기 시작했다.

"저기 아주머니······."

슬금슬금 눈치를 보던 화보가 머뭇거리며 말을 걸었다.

"우륵이는 몸도 재고 조심성이 많으니까 아무 일 없을 거예요. 아주머니가 우륵이를 부르시는 소리 듣고 들어온 거예요."

"그래, 그래야지. 고맙구나."

근심이 가득한 얼굴로 우륵의 어머니는 부엌으로 들어갔다.

우륵네 집은 우륵이 태어나기도 전에 아버지가 어머니와 혼인을 하기 위해 지성으로 지은 것이라고 했다. 우륵의 아버지는 부엌에서 일하는 어머니가 연기에 눈이 맵지 않게 다른 집보다 두 배는 큰 부뚜막과 역시 두 배는 넓은 굴뚝을 만들어 주었다. 그 덕분에 한겨울 눈이 쌓일 정도로 추운 날에도 우륵네 집은 온기로 따뜻했다.

어머니는 이 부엌의 불을 생명보다 귀하게 생각하고 관리했다. 부뚜막 솥 위에 얹은 토기는 어머니가 직접 빚어서 구워 낸 것인데 얼마나 정교하게 만들었는지 장인의 솜씨와 견주어도 뒤지지 않을 정도다. 토기에는 아주 작은 점들이 찍혀 있었는데, 멀리서 보면 아무런 무늬가 없는 것처럼 보여도 가까이에서 보면 하나의 그림처럼 아주 예뻤다.

어느 한 군데 자신의 손이 닿지 않은 곳이 없는 부엌을 천천히 둘러보던 우륵의 어머니가 아궁이에 불을 지피기 시작했다.

밖에서 우륵의 목소리가 쩡하게 울려 왔다.

"어머니!"

어머니가 황급히 마당으로 나갔다. 우륵의 손에는 싱싱한 방아 잎과 취나물, 칡 덩이가 들려 있었다.

"어머니, 이것 보세요!"

신난 얼굴로 두 손을 불쑥 내미는 우륵을 보며 어이가 없어진 어머니는 우륵의 손에서 나물을 받아들고 부엌으로 들어갔다. 우륵이 쫓아 들어오며 어리광 부리듯 말을 걸었다.

"산에 갔는데 나물이 지천이지 뭐예요! 어머니가 좋아하실 것 같아서 잔뜩 뜯어 왔어요."

"그랬구나, 고맙다."

"아직 밥때 안 됐으니까 밥 먹기 전에 그 얘기 해 주세요!"

"무슨 얘기?"

"아이참, 그 얘기요!"

"그런데 너, 심부름시킨 건 한 거야?"

"무슨 심부름이요?"

"윗동네 다녀오라 했을 텐데."

차분하게 말하는 어머니의 서슬에 우륵은 그제야 아차 싶었다. 어젯저녁 어머니가 신신당부했는데 까맣게 잊고 있었다.

"저기 윗동네에서 오늘 돼지를 잡으니 가서 내장을 좀 얻어 오라 했잖니. 아버지 배 타다 들어오시는데 든든하게 국밥 끓여 드린다고."

"죄송해요. 잊어버렸어요."

"그렇게 게으름을 피우면서 하고 싶은 것만 하고 다니니 앞으로 어찌 살려고?"

"얼른 다녀올게요. 조금만 기다리세요."

어머니에게 옛날이야기를 해 달라고 조르던 우륵은 생각지도 않은 꾸중을 듣고 금세 시무룩해졌다. 그러고는 군소리 없이 다시 문 밖으로 뛰어나갔다.

우륵이 나가고 얼마 후, 허름한 차림의 사내가 우륵의 집을 기웃거렸다.

"계십니까?"

우륵의 어머니가 손에서 물을 털며 부엌 밖으로 고개를 내밀었다. 행색이 여느 사람과는 다른 낯선 사내의 모습에 우륵의 어머니는 부엌 문 앞에서 선뜻 발걸음을 떼지 않았다.

"아, 저 이상한 사람 아닙니다. 그렇게 긴장 안 하셔도 됩니다."

사내가 얼른 머리에 뒤집어썼던 모자인지 거적인지 모를 천을 벗으며 허둥지둥 머리를 매만졌다.

"기억하실지 모르겠습니다만, 지난봄 볍씨 뿌리는 철에 일손을 돕던 떠돌이 악사입니다. 율현이라고……."

더듬더듬 자기소개를 이어 나가는 사내를 한참 쳐다보던 우륵 어머니의 얼굴이 밝아졌다.

"아! 기억나요. 모습이 너무 변하셔서 길에서 마주치면 그냥 지나가겠어요."

"그간 사연이 많았습니다."

"그런데 어쩐 일이신지……."

율현은 잠시 망설이다 물을 한 바가지 청하고는 마당 한편에 서 있었다. 율현은 우륵의 어머니가 건넨 물을 단숨에 들이켰다. 빈 창자를 자극했는지 배에서 꼬르륵대는 소리가 요란하게 났다.

"아이고, 대체 얼마나 굶으셨기에……. 잠깐 기다려 보세요."

율현을 안쓰럽게 바라보던 우륵의 어머니가 쯧쯧 혀를 차며 부엌으로 가 말린 생선을 쪄서 식은 밥 한 덩이와 함께 내왔다.

율현은 생선과 밥을 보며 반색을 했다. 몇 달 전 우륵의 아버지가 가지고 온 것을 잘 손질해 바람에 꾸덕꾸덕 말려 둔 생선은 별다른 간을 하지 않아도 쪄서 먹으면 밥 한 그릇은 뚝딱 해치울 정도로 별미였다.

율현은 허겁지겁 생선과 함께 밥을 싹싹 긁어 먹었다. 율현은 마지막 한 숟가락을 씹어 삼키고 물로 입을 헹군 뒤에야 자신이 왜 이곳에 왔는지 생각이 난 듯 멋쩍게 머리를 긁으며 웃었다.

"아이고, 이거 면목이 없습니다."

우륵의 어머니는 구수한 숭늉을 한 대접 내 주었다. 율현이 천천히 숭늉을 마시며 슬쩍 우륵 어머니의 눈치를 보다가 천천히 입을 열었다.

"저, 우륵 말입니다."

율현의 입에서 우륵이라는 이름이 나오자 어머니는 눈을 크게 뜨고 율현을 똑바로 쳐다보았다.

"우리 우륵이 왜요?"

"의논드릴 것이 있어서 말이지요."

"의논이라니 무슨……."

"사실 저는 금관가야의 궁중 악사입니다."

"네에? 그런데 왜 이런 꼴로. 아이고, 말실수를 했네요. 저도 모르게……."

율현이 자신의 정체를 밝히자 우륵의 어머니는 자기도 모르게 마음속에 있던 말을 하고 말았다. 순간 민망해진 얼굴을 감싸며 얼른 말을 이어 나가라는 듯 손짓을 했고, 율현은 목을 살짝 가다듬고 이야기를 계속했다.

"아, 당연히 그렇게 보실 수 있습니다. 제가 봐도 거지 중에 상거지 꼴인걸요. 제가 금관가야의 궁중 악사로 온 가야를 돌아다니며 다양한 악기를 배우고 수집하고 있는지라 꼴이 이렇습니다, 허허허허."

율현이 사람 좋은 너털웃음과 함께 상황을 설명했다. 그제야 우륵의 어머니도 이해가 된다는 듯 고개를 끄덕였다.

"그런데 수 년 동안 가야를 돌아다니면서 우륵 같은 인재는 한 번도 보지 못했습니다. 더군다나 저 나이에 말이지요."

"인재라니요?"

"우륵의 음악적 재능은 여섯 가야를 통틀어 가장 뛰어납니다. 알고 계신지요?"

"아이가 악기를 곧잘 다루니 재능이라면 재능이겠지만 그렇게까지 뛰어나다고는 생각하지 못했는데……."

"아, 제가 말한 재능은 그런 것이 아닙니다. 제가 산에 머무는 동안 우륵이 종종 제게 와서 놀기도 하고 이야기를 나누기도 했지요. 그때 알았습니다. 우륵은 세상의 소리를 모아 자신의 음악으로 만들 수 있는 아이라는 것을."

"그게 무슨 말씀인가요?"

"다른 사람들은 음악이라 생각하지 않는 소리를 우륵은 음악으로 만들어 낼 수 있는 거죠. 아마 지금 우리가 나누는 이야기도 음악으로 만들라고 하면 만들어 낼 겁니다. 세상 모든 것을 가락에 담아낼 줄 아는 능력, 그건 하늘이 내려 준 능력입니다. 그런 능력을 가진 아이가 바로 우륵이지요."

"그 말씀을 왜 하시는 건지……."

"제게 우륵을 맡겨 주십시오."

"네에?"

"저는 곧 금관가야로 돌아갑니다. 그때 우륵을 데리고 가 음악 교육을 시켜 보고 싶습니다."

"아니 이렇게 갑작스럽게…… 바깥양반도 없는 형편에 저 혼자 결정할 수 있는 게 아닙니다."

"결정은 우륵이 해야지요. 자신의 미래인데 자기가 결정해야 하지 않겠습니까. 일단 저는 우륵의 재능이 아까워 말씀드린 것이니 한번 잘 생각해 보시지요. 우륵이 오기 전에 전 이만 가 보겠습니다."

율현이 툭툭 옷을 털며 일어났다. 대접해 준 것에 대한 감사 인사와 함께 우륵의 장래에 대해 진지하게 생각해 달라는 당부를 남긴 뒤 율현은 집 밖으로 나갔다.

율현이 나가고 얼마 되지 않아 우륵의 목소리가 시끌벅적하게 들려왔다.

"어머니, 어머니! 아버지가 오셨어요!"

양손에 가득 선물과 생선을 든 검게 탄 얼굴의 아버지가 우륵과 함께 마당으로 들어섰다.

"나 왔소!"

씩씩하게 울리는 남편의 목소리에 우륵의 어머니는 율현이 한 말을 잠시 내려놓은 채 남편맞이에 전념했다. 우륵이 가져온 돼지 내장을 푹 끓여 내고, 남편이 가져온 생선을 꼼꼼하게 씻어 바람이 잘 통하는 그늘에 매달았다.

우륵은 오랜만에 만난 아버지 앞에서 피리를 분다, 쟁(가야금의 원형이라 짐작되는 중국 악기)을 연주한다 부산을 떨다가 아버지 품에 안겨 어리광을 부렸다.

우륵은 아버지가 들려주는 바다 이야기, 왜국과 중국 이야기에 눈을 반짝였다. 아버지는 재미있게 이야기를 들려주는 재주는 없었지만 기억나는 것을 담담하고 묵직하게 조곤조곤 잘 설명해 주었다. 그래서 우륵은 아버지가 들려준 이야기에 살을 붙이고 재미를 더해 동네 아이들을 모아 놓고 이야기보따리를 풀기도했다. 우륵의 이야기는 어린아이들뿐 아니라 어른들도 즐겨 들었는데, 이야기 중간중간에 악기로 효과음을 넣거나 노래로 만들어 불러 다양한 들을 거리와 볼거리가 있었기 때문이다. 이야기 재료가 떨어질 때쯤 집으로 돌아온 아버지 덕에 당분간은 얘깃거리 걱정 없이 아이들과 놀 수 있겠다고 우륵은 생각했다.

저녁 식사를 마치고 달이 훤하게 뜰 때까지 아버지의 이야기는 이어졌다.

"아이고, 아버지 목 쉬시겠다. 달포 만에 집에 오셨는데 내내 붙들고 있으니…… 어서 주무시게 좀 놔 드려라."

그제야 상황을 파악한 듯 우륵이 멋쩍게 웃었다.

"아, 죄송해요 아버지. 얘기가 너무 재미있어서."

"그래. 슬슬 졸음이 오는구나. 너도 건너가서 쉬어라."

"예. 편히 주무세요."

안방에는 우륵의 부모님만 오롯이 남았다. 아버지가 집으로 돌아오고 처음으로 단 둘만 있는 시간, 어머니는 삭은 옷들에 천을 대고 바느질을 하던 손을 멈추고 낮에 찾아왔던 율현의 이야기를 꺼내 놓았다. 바쁘게 집안일을 하고 아버지와 우륵을 건사하면서도 내내 머릿속에서 떠나지 않던 이야기였다.

"어떻게 할까요?"

우륵의 어머니가 조용히 물었다.

"사내 녀석 가는 길을 누가 대신 만들어 줄 수 있겠소. 우륵이 결정하는 대로 하게 합시다."

"그래도 될까요?"

"저 녀석 얼굴을 보시오. 바다에서 일을 하면 저렇게 재잘거리며 즐겁지 않을 녀석이오. 굳이 물려줄 필요 없는 일이니 제 삶은 제가 알아서 살게 맡겨 둬 봅시다."

"이렇게 일찍 품에서 떠나보내게 될 줄은 몰랐네요."

"그 녀석이 가겠다 할지 어쩔지 모르지 않소."

"아마 가겠다고 할 거예요. 제 속으로 열 달 품어 낳아 십 년이 넘게 한시도 떼 놓지 않고 끼고 살았는데 제가 그걸 모르겠어요."

"그럼 이제 놔줄 때도 되었구먼."

"먼저 누우세요. 저는 잠시 우륵에게 다녀올게요."

남편의 이부자리를 펴 준 뒤 어머니는 우륵이 있는 방으로 건너갔다.

"자니?"

"아뇨, 들어오세요."

"왜 안 자고?"

"그냥 이런저런 생각을 좀 하고 있었어요. 저…… 어머니."

"왜?"

"아까는 정말 죄송했어요. 심부름을 까맣게 잊어버리고……."

"그래. 다음부터 안 그러면 된다. 그런데 낮에 무슨 얘기 들려 달라 하지 않았었니?"

"아! 허황옥 이야기 들려주세요!"

"벌써 수십 번도 더 들은 얘기가 또 듣고 싶을 정도로 좋으냐?"

"네, 너무 좋아요. 하고 싶은 일을 위해 외국도 무서워하지 않고 바다를 건너온 허황옥이 정말 멋있어요."

"그럼 다시 한번 해 줘 볼까. 음, 가야의 첫 왕인 수로왕이 나라를 다스리던 때였지. 신라나 백제처럼 하나로 똘똘 뭉치지는 못했지만 여섯 왕이 공정하게 논의하고 배려하며 백성들을 다스리던 때였단다. 신하들은 수로왕에게 예쁘고 고운 신부를 맞이하라고 권했지. 그러나 수로왕은 자신을 하늘이 보낸 것처럼 필요하다면 신부도 하늘이 보내 줄 것이라며 기다리겠다고 했어. 그렇게 몇 년이 지난 어느 날, 바다에 기묘하게 생긴 낯선 배가 한 척 도착했단다. 거기에는 예쁜 모양의 파사석탑과 함께 아주 아리따운 여인이 타고 있었지. 수로왕을 만난 여인은 자신을 아유타국에서 온 허황옥 공주라고 소개했단다. 그러고는 부모님의 꿈에 하늘신이 나타나 허황옥을 수로왕의 배필이 되게 하라고 하여 바다를 건너왔다고 전했단다. 이에 수로왕은 자신의 신부를 하늘이 보내 주었다며 기쁘게 허황옥을 왕비로 맞이했지."

"우아! 역시 들어도 들어도 좋아요, 어머니."

"대체 어느 부분이 그렇게 좋으냐?"

"허황옥이 수로왕과 혼인을 하기 위해 배를 타고 한참을 온 거잖아요. 얼마나 힘들었겠어요. 하지만 두려워하지 않고 도전해서 결국 가야의 왕후가 될 수 있었던 거잖아요. 전 그게 너무 좋아요."

눈을 반짝이며 이야기에 빠져 있는 우륵을 보며 잠시 입술을 달싹이던 어머니가 가만히 물었다.

"우륵아, 너도 한번 그렇게 해 볼 테냐?"

"네? 무엇을요?"

"금관가야의 악사를 따라 가서 악기 공부를 해 보겠니?"

뜻밖의 말에 우륵의 눈이 화등잔만 하게 커졌다. 율현을 만나 이것저것 배우면서 그러면 어떨까라고 막연하게 생각해 보긴 했지만 이렇게 어머니가 먼저 말을 꺼낼 것이라고는 상상도 하지 못했다.

"어, 어머니."

우륵이 당황하며 말을 더듬자 어머니는 우륵을 꼭 안아 주며 말했다.

"하고 싶으면 해 보거라. 우리는 늘 이 자리에서 너를 기다릴 테니. 언제고 공부가 끝나면 돌아오면 되지 않겠니."

"저 진짜 공부하고 싶었어요. 정말로 악사 선생님을 따라가도 돼요?"

어머니는 눈에 눈물을 그렁하게 담은 채 고개를 끄덕였다. 대견함과 서운함이 섞인 눈물이었다.

그날 밤, 우륵은 어머니의 품에 안겨 잠이 들었다. 꿈에서 우륵은 들과 산을 신나게 뛰어다니며 온갖 소리를 듣고 모으며 행복했다. 행복한 꿈을 꾸는 우륵의 얼굴에 밤새 미소가 떠나지 않았다.


## 5. 떠돌이 스승

우륵이 집을 떠난 것은 그로부터 나흘 뒤, 아버지가 다시 배를 타러 떠난 다음 날이었다. 남편을 배웅하고 곧장 아들을 보내야 하는 어머니는 며칠 새 눈에 띄게 수척해졌다. 하지만 우륵이 원한다면 보내 줘야 한다는 생각에는 변함이 없었다.

우륵이 떠나는 날, 우륵의 어머니보다 더 서럽게 운 사람은 옆집의 화보였다. 화보는 우륵의 옷자락을 잡고 말도 제대로 하지 못한 채 꺽꺽 눈물을 삼켰다. 그런 화보와 애써 눈물을 참는 어머니 그리고 한 발짝 떨어져서 소리 죽여 눈물을 흘리는 누이들을 두고, 우륵은 율현을 따라 발걸음을 옮겼다.

우륵이 집을 떠나온 첫 해, 율현은 우륵에게 아무것도 가르치지 않았다. 그저 매일 저녁 우륵을 앞에 두고 몇 시간에 걸쳐 하루 동안 들은 소리를 입으로 흉내 내 보라고 시켰다. 저잣거리를 종일 돌아다닌 날이면 우륵은 마치 연극이라도 하듯 높낮이가 다른 시장 상인들의 목소리를 따라 하기도 하고 닭과 오리, 염소와 개의 소리를 흉내 내기도 했다. 날마다 몇 시간씩 소리를 흉내 내다 보니 어느새 우륵의 머릿속에는 세상 모든 소리의 각각 다른 높낮이와 장단이 쌓여 가기 시작했다. 처음에는 그저 소리를 본 따는 것만 하던 우륵이 소리를 조금씩 바꾸고 다듬어 내기 시작한 것은 일 년이 조금 더 지난 뒤였다. 율현은 그제야 우륵에게 악기를 주고 들은 소리를 악기에 옮겨 보라고 했다.

이듬해, 우륵은 저잣거리의 소리를 악기로 연주하고, 사람들의 싸우는 소리를 옮기고, 아기를 재우는 엄마의 자장가와 대장장이의 노동요를 악기에 옮겼다. 사람들이 대화하는 소리만 들어도 그걸 곧장 음률로 바꿔 흥얼거릴 수 있게 된 것은 집을 떠나온 지 삼 년이 훌쩍 넘을 무렵이었다.

이후 몇 년간, 율현은 우륵을 데리고 깊은 산으로만 찾아다녔다. 그리고 우륵에게 고요히 숲의 소리를 듣게 했다. 멀리서 들려오는 산새 소리, 어디선가 들려오는 바스락거리는 소리, 바람 소리, 물소리를 듣고 그들의 조화를 음률로 표현해 보게 했다. 우륵에게는 세상 모든 것이 음률이었다. 바람도 스치는 것에 따라 높낮이가 다르고, 같은 물줄기도 부딪히는 것에 따라 그 소리의 종류가 달라짐을 느꼈다.

소리에도 감정이 있는 듯 날카로움과 부드러움이 있음을 깨달아 가고 낮과 밤에 들리는 소리의 종류가 다르다는 것을 습득했을 때, 우륵은 금관가야에서 누구도 따라오지 못할 만큼 뛰어난 악사가 되어 있었다. 율현이 세상에 드러내 놓지 않아 우륵의 재능이 숨겨져 있을 뿐, 그 어떤 궁중 악사보다 음악을 이해하는 감성이 발달하고 능숙한 연주 기술을 지니게 되었다.

마당에 있는 작은 물웅덩이에 개구리가 들어갔다 나왔다 하는 모습을 지켜보던 율현이 우륵에게 한 번도 하지 않았던 질문을 툭 던졌다. 우륵은 마치 개구리의 마음을 연주라도 하듯 빗소리에 어우러지게 쟁을 뜯고 있었다.

"집이 그립지는 않으냐?"

투둑.

우륵의 손끝에서 현이 끊어지며 둔탁한 소리가 났다.

"그립습니다."

우륵의 목소리가 가늘게 떨려 왔다. 어린 나이에 집을 떠나 낯선 땅을 헤매며 이유를 알 수 없는 훈련을 묵묵히 견뎌 낸 우륵이었다.

"집에 가게 되면…… 무엇을 할 생각이냐?"

우륵은 대답 없이 멍하게 비 내리는 마당만 응시했다. 집으로 돌아간다 한들 무엇을 해야 할지 전혀 감이 잡히지 않았다.

"그래서 악기를 다루는 자들은 한곳에 머무를 수가 없는 법이다."

우륵의 마음을 안다는 듯 율현이 담담하게 말을 이어 나갔다.

"남들은 악기를 다루는 것이 그저 줄을 뜯고 가죽을 두드리면 되는 것이라 생각하지만, 사람의 마음을 담아내고 시대의 소리를 얹을 수 있어야 한단다. 눈물이 많은 시대에는 눈물 젖은 소리를, 웃음이 많은 시대에는 웃음소리를, 두려움이 가득한 시대에는 그 두려움마저 오롯이 담아내야 하지."

지금까지 한 번도 가타부타 말이 없던 율현이 처음으로 음악과 악기에 대한 자신의 생각을 이야기하기 시작했다. 우륵은 한 마디도 놓치지 않으려고 귀를 기울였다.

"내가 너를 처음 만났을 때 넌 세상의 모든 소리를 악기에 담아낼 줄 아는 천부적인 능력이 있었다. 그리고 나와 함께 지내면서 너는 폭발적으로 성장했지. 그런데 얼마 전부터 네 녀석의 연주에서 예전의 그 느낌을 느낄 수가 없더구나."

"……."

"그저 현란하게 기술로만 현을 뜯고 손가락을 움직이고 있어."

"스승님……."

"기술로는 이제 너를 따라올 자가 이 땅에는 없을 것이다. 헌데 마음을 담아내고 세상을 담아내는 소리를 내지 못하면 그 기술은 결국 손재간에 불과할 뿐이야."

혼을 내는 것이 아니었다. 안타까움이 짙게 배어 있는 말이었다. 율현은 애정이 듬뿍 담긴 목소리와 눈빛으로 우륵을 찬찬히 훑어보며 이야기를 이어 나갔다. 그의 눈에 비친 우륵은 제법 건장한 청년의 모습이었다.

"떠나거라."

우륵이 고개를 번쩍 들었다. 당황한 빛이 그대로 드러나는 얼굴이었다.

"떠나라니요?"

"이 녀석아, 뭘 그렇게 놀라느냐. 그럼 평생 내 옆에 있으려고 했느냐?"

"그건 아니지만……."

"이제 내가 가르칠 것이 없어서 그런다. 지금부터는 네가 네 음악을 만들어야 해. 내가 예전에 그랬던 것처럼 산과 바다에서는 자연의 소리를, 저잣거리에서는 사람들의 울고 웃는 소리를 듣고 모으고 표현해야 한다. 그건 이렇게 한곳에 머물러서는 안 되는 일이야. 그러니 떠나라는 게다."

"스승님도 함께 가시면 좋을 텐데."

"네 녀석의 음률을 찾는 여정에 내가 왜 끼어들겠느냐. 혼자 여기저기 다녀 보거라. 곧장 집으로 가지 말고 가야의 구석구석을 돌아다녀 보고, 신라와 백제도 가 보거라. 떠돌이 악사로 다니다

보면 네가 하고 싶은 음악이 무엇인지, 네가 하고 싶은 일이 무엇인지 알 수 있을 게야."

"무슨 말씀인지 알겠습니다."

율현의 애정 어린 진심을 고스란히 느낀 우륵이 조용히 고개를 끄덕였다.

그렇게 율현을 떠나 수년이 흐른 뒤, 우륵은 월금이라는 이름의 떠돌이 이야기꾼이자 악사, 밀정으로 살게 되었다.

처음부터 밀정을 하려던 것은 아니었다. 그런데 악기를 다루는 재주가 워낙 뛰어나다 보니 소문이 나서 각 나라의 궁으로 불려가게 되었고, 그럴 때마다 왕들은 우륵에게 자신들의 나라에 필요한 정보를 가져다줄 밀정이 되어 달라고 했다.

그렇게 몇 번 왔다 갔다 하면서 우륵은 자신도 모르게 세 나라의 균형을 잡는 역할을 하게 되었다. 전쟁이 나려 하는 상황을 막기도 하고, 나라 간에 오해가 생긴 것을 풀어 주기도 했다. 재미난 것은 세 나라의 왕들은 모두 우륵이 자신의 편이라고 믿고 있다는 것이었다. 그래서 우륵이 세 나라를 오가는 밀정이라는 것을 알고도 개의치 않고 그를 이용했다.

백제의 왕은 호시탐탐 도발하는 신라에 대한 정보를 얻기 위해 우륵을 만났고, 신라의 왕은 가야와 백제를 한 번에 빼앗고 싶어 우륵에게 두 나라의 정세를 물었다. 그리고 가야의 왕은 우륵에게 신라와 백제에 대한 정보를 얻어 둘 중 조금 더 강한 쪽에 붙었다 떨어지기를 반복했다. 우륵이 의도한 바는 아니었지만 세 나라가 가진 힘의 균형을 맞춰 가며 그렇게 뜻하지 않은 밀정으로 살아가고 있었다.

우륵이 명구를 만난 것은 밀정으로서의 역할을 멈춰야 할 때가 온 것이 아닐까 고민하고 있을 때였다. 소문이란 한겨울에 눈을 굴리는 것보다 빠르게 커지는 것이어서 '나라를 오가며 소식을 전하는 자가 있다더라.'라는 말은 '그자는 여기저기를 떠돌아다니더라.'라는 말과 만나 '신출귀몰하게 다니는 밀정이 있다.'라는 말로 정리가 되었다. 떠돌아다니는 자 가운데 말도 잘하고 사람들 사이에 잘 섞이는 자를 고르다 보니 어느새 우륵의 정체가 드러날 지경이 된 것이다.

하지만 우륵은 잘 알고 있다. 이렇게 소문이 무성할 때 숨어 버리면 언제 그랬냐는 듯 금세 사그라든다는 것을. 잠잠히 숨어 있다가 소문이 사라지고 사람들의 기억이 가물가물해질 때쯤 다시 나타나는 것이 우륵의 전략이었다.

우륵은 지난 수년간 한 번 그렇게 숨어 있었고, 이제 좀 길게 숨어야 할 때가 왔다고 판단한 것이었다. 어차피 무령왕에게 전하는 정보를 마지막으로 숨을 생각이긴 했지만 막판에 명구라는 꼬리가 들러붙을 줄은 미처 예상하지 못했다.

처음에는 귀찮고 부담스러웠지만 명구와 함께 다니면서 조금씩 정이 든 것도 사실이다. 그리고 스승인 율현이 했던 조언을 명구에게 해 주고 있는 자신을 보면서 율현이 그리워지기도 했다.

'그래, 이쯤에서 집으로 돌아가 보는 것도 좋겠어.'

명구를 데리고 여기저기 다니면서 우륵은 비로소 고향에 돌아가야겠다는 생각을 했다.

하지만 그 전에 무령왕과 약속한 토기는 전해야 한다. 근처에 가마가 있었던가 곰곰 생각하고 있는 우륵 앞에 명구가 양손 가득 열매를 들고 나타났다.

"어, 주무실 줄 알았는데!"

환하게 웃는 명구를 보며 우륵이 마주 웃어 주었다.

"열매는 가면서 먹고, 여기서 저 둔덕을 넘어가면 오래된 가마 터가 있다. 거기서 며칠 머물면서 토기를 굽고 가자꾸나."

"토기요?"

"그래. 너도 이참에 잘 봐 두거라. 가야 사람이라면 토기 하나 정도는 멋지게 만들 줄 알아야 하지 않겠느냐. 우선 가면서 적당한 흙이 있는지 찾아보자."

"우아, 토기도 만들 줄 아세요?"

"장인의 솜씨만은 못해도 그럴듯하게는 만들 수 있지. 토기는 우리 어머니가 아주 잘 만드셨는데 말이다."

우륵이 툭툭 자리를 털고 일어나 앞장섰다. 그 뒤를 명구가 짐이랄 것도 없는 단출한 보따리 두 개를 들고 종종 쫓아가기 시작했다.

가마는 먼 곳에 있지 않았다. 불을 땐 지는 좀 오래된 듯했지만 흙으로 잘 발라 둔 구덩이는 여전히 불을 피울 수 있어 보였다. 완만한 산기슭에 넓게 자리 잡고 있는 가마터에는 비스듬하게 둔덕을 파서 만든 굴가마가 있었고, 그 옆에는 흙을 치댈 수 있는 너른 판목도 깔려 있었다.

　"나는 흙을 치대야 하니 너는 가마와 판목의 먼지를 쓸어 내거라."

　우륵은 오는 길에 퍼 온 흙에 물을 섞어 치댔다. 그러고는 반듯한 나무 판 위에 적당히 찰기가 오른 진흙을 얹고 손으로 살살 빚기 시작했다. 나무 판을 돌려 흙을 넓게 펴고 다시 쓸어 올리며 모양을 잡아 갔다.

　얼마 지나지 않아 아래는 넓고 위로 점점 좁게 올라가다가 둥글납작한 접시 모양으로 다시 넓어지는 바리 모양의 그릇받침이 만들어졌다. 그릇받침에 올라갈 긴목항아리까지 만든 우륵은 그릇받침 위에 긴목항아리를 올려놓고 요리조리 살피더니 흐뭇한 미소를 지었다.

　그릇받침과 긴목항아리를 옆에 나란히 두고 말리면서 우륵은 흙을 다시 가지고 와서 또 다른 그릇을 만들었다. 두 번째로 만든 토기는 앞에 만든 긴목항아리보다 목이 조금 더 긴 긴목항아리였다. 가늘고 긴 목을 가진 항아리를 완성한 우륵이 목 주변에 꼼꼼하게 고리자루칼 모양을 새겨 넣었다. 양쪽으로 두 개의 고리자루칼을 새긴 뒤 한쪽 칼의 고리에는 봉황을, 다른 한쪽 칼의 고리에는 용을 새겼는데, 무령왕의 사람들이 토기 가게에서 왕에게 가져다줄 토기를 알아볼 수 있게 하려는 의도였다.

목 부분에 고리자루칼을 다 새겨 넣은 우륵이 몸통에 다양한 문자를 새기기 시작했다. 언뜻 보면 무늬처럼 보이게 만들기 위해 문자 사이사이에 의미 없는 기호도 집어넣으며 섬세한 작업을 이어 나갔다. 미리 약속된 방향으로 읽지 않으면 다른 사람들은 봐도 무슨 뜻인지 알 수 없는 우륵과 무령왕 사이의 암호 체계였다.

중요한 긴목항아리를 완성한 뒤 우륵은 한숨 돌린다는 듯 남은 흙으로 슬렁슬렁 오리 모양 토기를 빚기 시작했다. 한두 번 만들어 본 솜씨가 아닌 듯 대충 하는 듯해도 뾰족한 오리 주둥이가 생생한 멋진 토기였다.

온종일 흙과 씨름한 우륵이 토기들을 조심조심 그늘로 옮겨 놓았다. 모든 과정을 숨소리 한 번 내지 않고 긴장하며 지켜보던 명구가 씩 웃으며 말했다.

"정말 멋있어요. 그런데 갑자기 토기는 왜 만드신 거예요?"

"왜 만들긴. 팔아서 여비에 쓰려고 그러지."

"그렇구나. 저도 언젠가는 제대로 된 토기를 만들 수 있을까요?"

"지금 만들어 보거라. 하고 싶은 일에 나중은 없어. 여기 흙도 남았겠다, 작은 그릇 하나 만들어 보렴. 네가 만든 건 저 옆에 있는 작은 가마에 따로 구우면 되니까."

"아, 정말요?"

"그럼, 당연하지. 뭘 만들고 싶은데?"

"그건 아직 생각을 안 해 봤는데……."

"아차!"

우륵이 갑자기 벌떡 일어나며 소리를 질렀다.

"왜 그러세요?"

"아! 이 바보."

"왜요, 왜 그러시는데요?"

"아까 처음에 만든 긴목항아리 말이야. 거기에 뚜껑이 있어야 하는데 깜빡 잊고 안 만들었구나."

"뚜껑이요? 그거 제가 만들어 볼까요?"

"응? 네가?"

"네. 옆에서 알려 주시면 제가 한번 만들어 보고 싶어요."

"그래, 쉽지는 않겠지만 한번 해 보거라."

우륵은 흙을 적당히 떼서 명구에게 건네주며 둥글게 빚는 것부터 알려 주었다. 명구는 꼼꼼하게 흙을 빚어 뚜껑을 만들고 둥글고 길게 흙을 말아 손잡이까지 야무지게 붙였다.

"오, 생각보다 잘 만들었는데? 이만하면 된 것 같구나."

의외라는 듯 우륵의 얼굴이 환해졌다. 칭찬을 받은 명구가 만족스러운 듯 뚜껑을 이리저리 돌려 보다 우륵에게 말했다.

"여기다가 장식을 좀 해도 돼요?"

"그럼."

명구는 길고 가느다란 나뭇가지를 주워 와 콕콕 찍어 무늬를 내기 시작했다. 선으로 구역을 나누고 그 사이에 무늬를 꼼꼼하게 새겨 넣었다.

그렇게 완성한 뚜껑과 낮게 빚은 접시 몇 개, 손잡이가 달린 오목한 잔까지 소소하게 만든 것들을 죽 늘어놓은 뒤 명구는 실실 웃으며 벌렁 뒤로 누웠다.

"뭐가 그리 좋으냐?"

명구를 빤히 쳐다보며 우륵이 물었다.

"제가 쓸모 있는 사람처럼 느껴져요."

"그게 무슨 소리냐?"

"지금까지는 계속 누군가의 도움을 받고 신세를 지는 천덕꾸러기였는데 오늘 처음으로 제가 제대로 된 사람 같다는 생각을 했어요."

"세상에 쓸모가 없는 사람이 어디 있겠니, 쯧쯧."

아이가 얼마나 구박 속에 자랐으면 저런 생각을 할까 싶어 우륵은 마음이 무거웠다.

"오늘은 일찍 자자. 이곳에서 모처럼 여유 있게 쉬면서 악기 공부를 해 보자꾸나."

우륵은 다정하게 손을 내밀어 명구의 머리를 한 번 쓸어 준 뒤 가마지기가 쓰던 방으로 먼저 들어갔다.

웃음으로 대답을 대신한 명구가 크게 숨을 한번 내쉬며 가마 터를 둘러보았다. 고향 집에 온 것처럼 따뜻하고 편안했다.

# 음률에 담은 소식

## 6. 악사, 우륵

우륵은 해가 뜨기도 전에 일어나 가마를 막았던 흙을 조금씩 떼어 구멍을 내기 시작했다. 뜨거운 열기가 훅훅 끼쳐 와 눈이 따가웠다. 가마 속은 여전히 열기가 남아 있었고, 잘 구워진 토기들이 벌겋게 달아오른 채 열린 구멍으로 우륵과 눈을 맞추었다.

서서히 가마 안의 온도를 내리며 토기가 단단해지기를 기다리던 우륵은 뒤에서 나는 인기척에 고개를 돌렸다.

"안 주무신 거예요?"

"아니야, 일찍 일어났어. 너는 잘 잤니?"

"네. 토기들은 잘 구워졌나요?"

"한번 볼래?"

"지금 봐도 돼요?"

우륵이 자리를 슬쩍 비켜 주며 명구가 가마 속을 들여다볼 수 있게 해 주었다.

처음 느껴 보는 뜨거움에 잠시 주춤하던 명구가 홀린 듯 가마 속을 들여다보았다. 명구의 눈에 비친 가마 속은 한 번도 보지 못한 신기한 세계였다. 열기가 만들어 낸 넘실거리는 공기 움직임이 고스란히 느껴지면서 눈을 한 번 껌뻑거릴 때마다 토기의 잔상이 아련하게 보였다가 사라졌다가 다시 나타났다. 얼굴이 익을 것처럼 뜨거웠지만 단단하게 여물어 가는 토기들을 보는 것을 멈추기란 쉽지 않았다.

"아이고, 이 녀석아! 눈 버리겠다. 그렇게 바짝 다가가는 녀석이 어디 있니. 완전히 식으려면 아직 멀었으니 그동안 저기 작은 가마도 한번 보자."

빨려 들어가듯 가마 구멍을 정신을 놓은 채 보고 있는 명구를 잡아끌며 우륵이 너털웃음을 터트렸다.

"그 가마 구멍은 제가 내 봐도 돼요?"

"응. 그런데 정말 조심해야 한다. 처음 구멍을 낼 때는 아주 뜨거우니까. 네 녀석 머리도 홀랑 탈 수 있을 만큼 높은 온도거든."

"조심할게요."

"그럼 차근차근 해 봐. 우선 이 옆에서부터 흙을 조금씩 걷어 내거라. 톡톡 두드리며 구멍을 내는 거야. 그렇게 살살 걷어 내 봐."

우륵이 명구의 손에 연장을 하나 들려 주었다. 명구는 잔뜩 긴장한 얼굴로 가마에 구멍을 냈다.

"우아! 이거 진짜 힘들긴 한데 재미있어요."

"그래? 우선 아침부터 먹자."

가마의 열기를 식히는 동안 우륵은 명구를 데리고 나섰다.

"어제 냇가에 어망을 하나 넣어 두었거든. 뭐든 걸렸을 테니 어죽이나 끓여 먹자꾸나."

"어죽이요?"

"그래. 물고기랑 산나물이랑 쌀 한 줌 넣고 팔팔 끓여서 소금 좀 넣어 먹으면 제법 든든하지."

"저 어렸을 때는 어머니가 조개죽을 많이 해 주셨어요."

"아, 조개죽. 그렇지. 네 고향이 바다와 가까우니 조개가 많았겠네."

"네. 아버지가 한겨울에 꽁꽁 언 조개를 가져오면 어머니가 끓여 살만 발라내 조개죽을 해 주셨어요."

"귀하고 맛난 걸 먹었네. 내륙 사람들은 조개 먹기가 힘든데."

"네. 그때 이후로 비린 거 못 먹어 봤어요."

"그랬구나. 자, 우리 오늘 비린 맛 한번 제대로 봐 볼까?"

냇가로 내려간 우륵이 어망을 쑥 들어 올렸다. 자잘한 물고기와 다슬기가 묵직하게 딸려 올라왔다. 우륵이 씩 웃으며 중얼거렸다.

"신나게 먹겠구만."

어망을 들고 온 우륵은 맑은 물에 물고기를 씻고 배를 갈라 내장을 비워 내고 소금을 솔솔 뿌려 한데 버무렸다. 그리고 다슬기도 깨끗이 닦은 후 토기에 물을 담고 다슬기를 깔았다.

"명구야, 어서 아궁이에 불을 지피거라."

명구가 재빠르게 부엌으로 뛰어가 아궁이에 나뭇가지를 넣고 불을 붙였다. 마른나무가 타오르며 불꽃들이 춤을 추기 시작했다.

"자자, 비키거라. 아이고, 무거워라."

우륵이 낑낑거리며 토기를 들고 들어왔다. 토기 안에는 손질한 음식 재료들이 차곡차곡 담겨 있었다. 맨 아래는 다슬기가 깔려 있고 그 위에 물고기와 쌀, 잘게 찢은 나물들이 올려져 있었다. 우륵은 토기를 솥 위에 얹고 물을 넉넉하게 부은 뒤 뚜껑을 닫았다.

"이제 금방 구수한 냄새가 솔솔 날 테니 조금만 기다려 보거라. 나는 그동안 토기를 가지고 마을로 내려갈 방법을 고민해 봐야겠다."

"네, 그럼 밥상은 제가 차릴게요!"

신이 난 명구가 씩씩하게 대답했다. 그리고 연신 킁킁거리며 끓고 있는 어죽의 냄새를 맡았다. 이내 구수한 향이 퍼지기 시작했다. 명구는 완성된 어죽을 고루 섞어 그릇에 퍼 담았다. 두 사람은 누가 먼저랄 것도 없이 후후 불며 어죽을 먹기 시작했고, 앞서

거니 뒤서거니 국물 한 방울 남기지 않고 싹싹 긁어 먹었다.

"아, 배부르다. 이제 좀 쉬었다가 토기를 보러 내려가자."

한참 뒤 우륵이 가마로 다가가 조심스레 가마 안을 살폈다. 다행히 토기들은 깨진 것 없이 단단하게 잘 구워져 있었다.

"뚜껑이 아주 잘 만들어졌구나. 이 항아리가 좋은 값에 팔리면 뚜껑 값은 단단히 쳐주마."

"진짜요? 정말 잘 만들어졌어요?"

우륵의 칭찬에 명구의 얼굴이 붉게 달아오르며 심장이 마구 뛰기 시작했다. 누군가에게 도움이 된 것만 같아 기분이 좋은데 칭찬까지 들으니 설레고 벅찬 감정을 숨길 수 없었다.

우륵은 명구가 모아 온 나뭇잎과 풀로 토기들을 살살 감싼 뒤 수레에 실었다.

"수레는 네가 끌도록 해. 무겁지 않으니까 잘할 수 있을 거야. 난 이걸 잘 가져가야 해서 말이지."

우륵이 고리자루칼이 새겨진 긴목항아리를 품에 안으며 말했다. 무령왕에게 넘길 소중한 항아리였다. 명구가 조심스레 수레를 끌기 시작했다. 그렇게 둘은 두런두런 이야기를 나누며 마을까지 내려왔다.

마을에 도착한 우륵은 명구에게 따라오라는 눈짓과 함께 앞장 서기 시작했다. 장터 한가운데가 아닌 뒤쪽의 허름한 토기 가게 였다.

"계십니까?"

우륵이 기웃거리며 안쪽에 대고 소리를 치자 인기척과 함께 한쪽 눈에 안대를 한 나이 지긋한 남자가 나타났다.

"오래간만이고만."

남자가 씩 웃으며 우륵의 어깨를 툭툭 쳤다.

"그러게요. 오랜만에 뵙습니다."

"쟈는 누구?"

"아, 저랑 같이 다니는 아이입니다. 명구야, 인사드려라. 이곳 주인이시다."

"많이 컸네, 꼬붕도 데리고 다니고."

"꼬붕이라뇨. 고향이 같아서 함께 집으로 가는 길인걸요."

"가게?"

"예. 당분간은 좀."

"그래야 할 거 같더만. 소문이 좀 그랴."

"네. 그래서요."

"그거여?"

"예."

"저거는?"

"아, 저건 팔아 주시면 되고요."

토기 장수는 명구가 끌고 온 수레 안의 토기를 살핀 뒤 무심하게 말했다.

"화천(중국 신나라의 돈으로 북한, 일본에서도 발견되었다. 가야가 무역을 활발하게 하며 해외의 돈이 유통되었음을 알려 준다.) 세 개. 그것도 저 뚜껑 보고 쳐주는 값이여."

토기 장수의 말에 명구는 뛸 듯이 기뻤다. 당장이라도 펄쩍펄쩍 뛰며 소리를 지르고 싶은 걸 꾹 눌러 참는 게 우륵의 눈에 훤히 보일 지경이었다.

"감사합니다. 잘 부탁드립니다."

"인사는 와서 혀. 기약 없이 갈 때 하지 말고."

토기 장수는 무심한 듯 화천 세 개를 우륵의 손에 툭 건네주었다. 말은 거칠어도 우륵과 오랜 시간 함께해 온 듯 걱정과 애정이 섞인 눈빛이었다.

"그럼 이만."

우륵이 꾸벅 인사를 하자 명구도 얼결에 고개를 푹 숙였다. 토기 장수는 말없이 손을 휘휘 저으며 인사를 했다.

토기 장수에게 토기를 맡기고 나온 우륵이 명구의 어깨에 손을 턱 얹었다.

"어디 보자."

어딘지 모르게 놀리는 듯 웃음기가 묻어나는 목소리였다.

"우리 뚜껑 장인님께 대체 얼마를 쳐 드려야 하나?"

명구의 입이 씰룩씰룩 움직였다.

"에이, 농이 지나치십니다……."

갑자기 명구가 말을 멈추고 눈을 크게 떠 우륵을 바라보았다. 우륵이 화천 다섯 개를 명구의 손에 쥐어 준 것이다.

"왜 이렇게……."

명구는 너무 놀라 말을 더듬었다.

"왜긴. 작품은 그 작품을 본 사람이 값을 매기면 그만인 법. 토기 장수는 네 뚜껑에 화천 두 개 정도의 값을 매겼고, 나는 세 개 값을 매긴 것뿐이다. 그래서 합해서 다섯 개. 왜 잘못되었냐?"

"아니, 그러니까 그 셈법이 좀……."

"내가 만든 오리 토기는 화천 하나 값도 안 될 테고, 접시들도 값나가는 게 없었고. 앞으로 네가 만든 토기들을 저이에게 좀 더 비싼 값으로 팔 수 있을 것 같으니 내 미리 후하게 쳐주는 거야. 그러니 받아 두거라."

처음 쥐어 보는 큰돈이었다. 또한 노동의 대가를 받은 것도 처음이었다. 칭찬도 처음이고 인정도 처음이었다. 처음 겪는 것들이 너무 많아 명구는 자신이 오늘 새로 태어난 게 아닐까 싶은 생각마저 들었다.

"오늘부터 스승님으로 부르고 싶어요."

명구의 마음을 짐작한다는 듯 우륵은 미소를 지어 보였다.

"스승님을 만나서 저는 처음 겪는 게 너무 많아요."

"사람은 다 그렇단다. 지금 이 순간을 사는 것은 모두가 다 처음이니 말이야. 나도 이 순간은 처음 맞았고, 앞으로 올 순간도 마찬가지일 테고. 사는 데 처음 아닌 것이 어디 있겠니."

"정말 고맙습니다."

"이야기는 차차 하고 지금부터는 부지런히 걸어야 한다."

"네. 알겠습니다!"

눈에 눈물을 그렁하게 담은 채 명구가 씩씩하게 대답했다. 그런 명구를 보며 우륵은 다시 한번 이 아이를 데리고 오기를 잘했다는 생각을 했다. 명구가 우륵에게 고마워하듯 우륵 또한 명구를 보며 자신에게 율현이 해 주었던 것이 얼마나 큰 것이었는지, 떠돌아다니며 만난 이들이 얼마나 고마운 사람들이었는지를 새삼 깨닫고 있었기에 오히려 우륵은 그런 깨달음을 준 명구가 고마웠다. 우륵이 준 화천을 어머니가 남긴 천에 꼭꼭 싸서 옷자락 깊은 곳에 넣는 명구를 보며 우륵은 자기도 모르게 마음 한쪽이 찌르르해지는 것을 느꼈다.

"가자."

환하게 웃으며 말하는 우륵을 보며 명구가 고개를 끄덕이는 순간, 군인들이 두 사람을 에워싸기 시작했다.

"우륵인가?"

우뚝 선 채 우륵이 긴장한 눈빛으로 주변을 둘러보았다. 언제 그렇게 모인 것인지 열 명도 넘는 군인들이 우륵과 명구를 둘러싸고 있었다.

"왜 이러십니까?"

우륵이 겁에 질린 명구를 끌어 품에 품으며 낮은 목소리로 되물었다.

"우륵이냐고 먼저 물었네만."

"서로 아는 사이에 뭘 굳이 묻고 그러십니까?"

"묻고 확인하는 것이 내 일 아닌가."

"여전히 고지식하십니다."

"같이 가 줘야 할 것 같네."

"어디로 말입니까?"

"가 보면 알 테지."

위협적이지는 않지만 단호한 군사 대장의 말에 우륵이 명구를 더욱 꼭 끌어안았다.

"아이는 두고, 우륵만 데려가라."

대장의 명령이 떨어지자마자 우르르 군인들이 달려들어 우륵의 품에서 명구를 떼어 냈다. 그러고는 순식간에 우륵을 들쳐 메고 사라졌다.

눈 깜짝할 사이에 혼자 남게 된 명구는 황망함에 우두커니 서 있을 수밖에 없었다. 너무 순간적으로 벌어진 일이라 믿기지 않는 명구가 주변을 둘러보았지만 아무도 없었다.

"스승님!"

명구가 울먹이는 목소리로 소리를 질렀다.

"느그 선생 잡혀갔다."

명구의 뒤에서 목소리가 들렸다. 휙 돌아본 곳에는 토기 장수가 서 있었다.

"어디로요?"

"어디긴 어디여. 궁이것지."

"궁……이요?"

"가야 왕의 직속 군사 복장이었으니 궁으로 데려간 게 맞을겨."

"왜 잡혀가신 거예요?"

"모르지."

"구해야죠!"

"못 혀. 저 옷을 입은 군사는 가야를 통틀어 가장 무술에 뛰어난 자들이여. 한 놈당 곰 한 마리는 너끈히 때려잡는 놈들이라는디 뭔 수로 이겨. 그리고 포박해서 데려간 게 아니니 아마 죽을 자리로 간 건 아닐겨. 어이, 꼬맹이!"

"네?"

"진짜로 우륵이 니 스승이여?"

"네."

"거참 모를 일이네. 혼자 다니는 게 철칙인 사람이 뭔 꼬랭지를 붙이고 댕긴대. 어쨌거나 우륵이 꼬랭지면 나도 그냥 두고 볼 수는 없지. 일루 와, 우륵이 올 때까정 우리 집에서 있어."

"스승님이랑…… 잘 아세요?"

"내가 여기서 자리 잡고 밥 먹고 살게 해 준 게 우륵이여. 은혜는 갚아야지."

"스승님······ 돌아오실까요?"

"올겨. 예사 사람은 아니니께."

토기 장수가 울먹이는 명구를 도닥여 데리고 간 그때, 우륵은 잔뜩 화가 난 얼굴로 말 위에 앉아 어디론가 가고 있었다.


## 7. 가실왕과의 만남

저 멀리, 가실왕이 있는 성이 보이자 우륵의 얼굴이 어두워졌다.

"왕께서 그리 보기를 청하셨는데 일 년을 넘게 도망 다니는 불충이 어디 있나."

우륵이 도망가지 못하게 바짝 옆에 붙어 가던 군사 대장이 혀를 끌끌 차면서 우륵을 훑어보았다.

우륵은 깊은 한숨을 내쉬었다. 어느새 성이 코앞이었다.

"잠깐 목이나 축이고 들어갑시다."

우륵이 군사 대장에게 청했다.

"어차피 성으로 들어가면 물이며 술이며 천지일 텐데, 들어가서 마시지 그러나."

"이 전단량(성문 이름)을 지나서도 한참 가야 하지 않습니까."

"으흠, 기다리게."

우륵을 의심스러운 눈으로 바라보던 군사 대장이 힐끗 옆에 서 있던 군인에게 눈짓을 했다. 그러자 그가 빠르게 뛰어가 해자 옆, 우물에서 물을 한 바가지 떠 와 건넸다.

"가서 마셔도 되는 것을."

우륵이 실망한 듯 고개를 푹 숙였다.

"말에서 내리는 순간 자네가 어디로 도망갈지 알 수가 없거든. 지난번에는 저 해자 안으로 뛰어들어 밖으로 연결된 강까지 헤엄을 쳤었지, 아마."

"하!"

"그전에는 말이 쓰러져 일어나지 못할 때까지 달린 후 말을 버리고 도망을 갔고 말이야."

"그만하시지요."

"또 뭐가 있더라. 맞다! 여자로 변장을 한 채 저잣거리를 휘저어 놓고는 사라졌지?"

"가시지요, 궁으로."

"이제는 우리도 안 속네. 한두 번 속았어야 말이지."

"그러니까 그냥 가시자구요. 별걸 다 기억하십니다."

군사 대장은 이번에는 자신이 이겼다는 듯 씩 웃으며 더욱 바싹 우륵에게 붙었다. 우륵이 탄 말의 목과 군사 대장이 탄 말의 목이 서로 엇갈릴 정도로 가까운 거리, 군사 대장이 가만히 우륵의 귀에 대고 속삭였다.

"나는 무사일세."

"……."

"말로 정치하는 것들을 믿지 않지."

"그러십니까."

"하지만 불필요한 싸움을 막기 위해 세 치 혀를 활용해야 할 때가 있음은 이제 인정하고 있네."

"그러시군요."

"그래서 왕께서 자네를 찾는 이유도…… 지금은 이해할 수 있어. 그러니 그분 앞에 나아가게."

"그게 무슨?"

"지금도 자다가 가야를 부르짖으며 벌떡 일어나 식은땀을 흘리신다네. 그분을 위해, 이 나라 가야를 위해 자네가 할 수 있는 일을 해 달라는 말일세."

우륵이 고개를 돌려 군사 대장의 얼굴을 바라보았다. 그의 깊은 주름과 선명한 흉터 위에 배어 나오는 진심을 읽을 수 있었다.

"나는 칼을 휘두르고 적의 목을 베고 목숨을 버릴 각오로 어디든 뛰어들어 싸울 테니, 자네는 자네의 방법으로 나라를 위해 싸워 달라는 거야."

"명심하겠습니다."

"모든 싸움이 다 피를 흘릴 필요는 없지. 왕께서도 그래서 자네를 이리 애타게 찾는 것이 아닐까 싶네."

"많이 변하셨습니다."

"나이가 들면 없던 곳에 눈이 생긴다네. 새로운 게 보이는 법이지."

"그 말씀도 명심하겠습니다."

대장과 이야기를 나눈 뒤 우륵은 눈에 띄게 차분해졌다.

해자를 지나 성문에 들어선 뒤에도 우륵은 내내 침묵을 지켰다. 멀리 금산이 보이고 그 아래 아늑하게 자리 잡은 궁이 눈에 들어왔다.

"자, 여기서부터는 내려서 걸어야 하네. 알지?"

왕이 머무는 곳으로 가기 전 마지막 문이었다. 작은 우물이 하나 있고, 그 옆에 어정御井이라고 새겨진 비석이 하나 놓여 있었다. 왕이 마시는 우물물이라는 뜻으로, 여기서부터는 그 누구도 탈것이나 말을 타고 들어가지 못한다. 비록 왕의 부모일지라도 여기서부터는 무조건 걸어 들어가야 한다.

어느새 날이 저물고 있어 궁 곳곳에는 불이 켜져 있었다. 어정 앞에 우륵을 내려 준 군사 대장은 우륵의 등을 두어 번 툭툭 두드린 후 군인들을 이끌고 순식간에 어둠 속으로 사라졌다.

우륵이 천천히 문 안으로 들어갔다. 미리 사람들을 물린 듯 주변에는 아무도 없었다. 마치 텅 빈 것 같은 궁 마당을 천천히 걸어 방 앞에까지 간 우륵이 깊이 고개를 숙이며 고했다.

"우륵입니다."

방에서는 아무런 소리가 나지 않았다. 우륵이 다시 큰 소리로 말했다.

"우륵, 대령했습니다."

"거참, 만나기 어려운 사낼세."

대답이 들려온 곳은 우륵의 뒤였다. 화들짝 놀란 우륵이 뒤를 돌아보자 꽃가지를 듬뿍 안은 가실왕이 인자한 미소와 함께 서 있었다.

"송구하옵니다."

우륵이 다시 한번 고개를 푹 숙였다.

"송구하겠지. 이리도 나를 여러 번 바람 맞춘 이는 그 어디에도 없었으니."

"죽을죄를 지었나이다."

"죽을죄인 것을 알면 죽어도 억울하지 않겠구나?"

"아, 그것이……."

"진실이 아니었구먼, 허허허허."

화통한 가실왕의 웃음에 우륵이 슬며시 고개를 들었다. 장난기가 가득한 얼굴로 싱글싱글 웃음을 머금은 채 가실왕이 우륵을 바라보고 있었다.

"아랫것들이 꽂아 두는 꽃은 영 마음에 들지를 않아서 말이지. 가지를 길게 쭉 늘일 것은 늘이고, 꽃대를 짧게 자를 것은 자르고, 잎을 살려야 하는 것은 꽃을 포기하고라도 살려야 하는데, 영 그런 생각들을 못 한다 말이지."

"여전하십니다."

"그렇지. 여전히 아름다운 것을 좋아하고 아름답길 원하지. 그래서 더 힘든 것일 수도 있지."

"힘드십니까?"

"누구보다 잘 아는 사람이 그걸 물어보다니 서운하구나. 날도 선선하니 좋은데 정자로 가서 얘기하는 게 좋겠다."

"예."

꽃가지를 한 아름 든 가실왕이 천천히 궁 뒤로 걸었고, 우륵은 몇 발짝 떨어진 채 가실왕을 따라갔다.

낮은 대나무가 우거진 길을 지나자 아담한 정자를 품은 너른 바위가 나타났다. 바위 아래로는 물이 흐르고, 물가에는 키가 작은 나무와 꽃이 어우러져 있었다. 화려하지는 않지만 손이 많이 간 것을 알 수 있는 예쁜 정원이었다.

정자는 대여섯 명이 앉으면 알맞을 정도의 크기였다. 미리 준비한 듯 술이 담긴 토기와 뿔잔 두 개가 놓여 있고, 꽃을 담을 수 있는 빈 항아리가 옆에 놓여 있었다.

먼저 정자로 오른 가실왕이 품에 안고 있던 꽃을 보기 좋게 항아리에 담았다. 정자 안이 화사해졌다. 가실왕이 만족한 듯 씩 웃으며 우륵을 돌아보았다.

"어떤가? 이제 앉을 맛이 좀 나지 않나?"

"예. 아름답습니다. 뒤에 보이는 나무나 바위와도 잘 어울리고 말이지요."

"앉게."

가실왕이 자리를 잡고 앉으며 우륵에게도 앉기를 권했다. 우륵이 자리에 앉자 가실왕이 술이 든 토기를 들고 우륵의 잔에 채워 주려 했다. 당황한 우륵이 얼른 엎드리며 두 손으로 잔을 받아들었다.

"이렇게 손수…… 망극하옵니다."

"아무도 없을 때는 좀 편하게 하세. 자, 어서 내 잔도 채워 보게."

우륵은 무릎을 꿇고 정중하게 가실왕의 잔에 술을 따라 채웠다. 가실왕은 천천히 한 잔을 다 비워 낸 뒤 가만히 주변을 둘러보았다. 풀벌레 소리와 물 흐르는 소리, 바람에 바스락거리는 소리만이 주변을 가득 채우고 있었다.

"이보게, 우륵."

한참 동안 침묵을 지키던 가실왕이 무겁게 입을 열었다. 떨리는 듯 슬픔에 찬 목소리였다.

"말씀하시지요."

"나는 이 가야가 그리 오래갈 것 같지가 않아."

우륵의 눈이 동그랗게 커졌다. 그리고 심장이 마구 두방망이질을 하기 시작했다.

"무슨 말씀이십니까?"

"말한 그대로일세."

"어찌 그런 말씀을……."

"자네도 잘 알지 않나. 우리 가야는 이미 큰 국가로 성장할 기회를 놓쳤네. 하려 했으면 금관가야가 저렇게 약해지기 전에 금관가야를 중심으로 뭉쳤어야지. 그때는 왜국도 중국도 우리 가야를 통해 문화를 받아들이고 신라와 백제도 우리를 무시하지 못했는데 말이야. 난 지금도 가끔 생각한다네. 선왕께서 환한 얼굴로 수로왕의 이야기부터 금관가야, 아라가야, 성산가야, 소가야, 고령가야, 우리 대가야 이야기까지 긴 시간 들려주실 때의 모습을 말이야."

"지금도 가야는 건재합니다."

"아닐세. 지금도 여전히 그 어느 나라보다 철을 잘 다루고 문화가 발달하긴 했지만 확실히 포상팔국 전쟁을 겪은 뒤부터 쇠락하고 있어. 그때 신라의 도움을 받는 게 아니었어……. 이게 다 지난 일에 대한 헛된 후회지만 신라의 도움을 받지 않고 우리 힘으로 해결했다면 지금 이 가야 연맹이 이렇게 헐거워지지는 않았을 거야."

"그때는 어쩔 수 없었으니 그리했을 데지요."

"나도 조상들을 원망할 생각은 없네. 하지만 분명한 건 그 전쟁 이후 백제가 가야를 제치고 바다를 지배하게 되었고, 신라는 낙동강을 차지하게 되었지."

"그 두 나라도 여전히 불안합니다. 원래 나라라는 것이 매 순간 불안한 것 아니겠습니까."

"그게 참 우스워. 포상팔국 전쟁 이후에라도 정신 차리고 나라를 건사했으면 좋았을 텐데, 왜국과 협심하여 신라를 공격한 것……, 난 자다가도 그걸 생각하면 분하고 답답하여 벌떡 일어난다네."

"오래전 일 아닙니까. 전하께서 계실 때의 일도 아니고."

"그래서 더 속이 상해. 내가 어떻게 할 수 있는 일이 아니었다는 것 때문에. 백제의 꼬임에 넘어가 신라를 친 건 결국 고구려와 신라 두 나라를 적으로 돌린 것인데 이것으로 우리 가야는 백제, 신라, 고구려 모두 등을 돌린 나라가 되었다네. 외롭고도 쓸쓸한 길로 들어선 거지."

"하지만 어쩌면 그 덕에 우리 대가야를 중심으로 가야 연맹이 모일 수 있었던 게 아니겠습니까."

가실왕이 쓸쓸한 웃음을 지으며 조용히 술을 한 잔 더 따랐다.

"대가야를 중심으로 모였다……."

우륵이 한 말을 한 번 곱씹은 가실왕이 가만히 우륵을 들여다보며 천천히 말을 이어 나갔다.

"아주 잠시 그랬지. 고구려에게는 옥을 갖다 주고 왜국과 무역도 늘었지. 자네 가족 중에도 왜로 넘어가 살고 있는 이가 있다고 하지 않았나?"

"외조모께서 가 계십니다. 비단 짜는 법을 가르치러……."

"그래. 비단 짜는 직공, 조각하는 사람, 토기 만드는 사람을 비롯해 정말 수많은 이가 왜로 넘어가 마을을 이루고 살고 있지. 가야의 문화를 전해 왜의 문화를 만들면서 말이야. 그런데 정작 우리 가야는 문화를 잃어 가고 있네."

"그게 무슨 말씀이신지요?"

"문화는 백성이 행복하고 윤택할 때 융성한다네. 지금 가야에서 가장 많이 일어나는 일이 뭔지 아는가? 봉화를 밝히는 일이라네."

"봉화……라니요?"

"하루가 멀다 하고 국경에서는 위험을 알리는 봉화를 피워 올린다네. 이미 가야는 백제에게 기문 지방과 하다리, 사타, 모루, 네 개 현을 넘겨주었어. 국토가 줄어들자 다른 가야 소국들은 우리를 불신하고 있지. 벌써 금관가야의 왕족 가운데 일부는 신라로 넘어가 진골 귀족으로 살고 있다네. 하나로 뭉치지 못해서 뿔뿔이 흩어지고 있는 게지."

쓸쓸하게 내뱉는 가실왕의 말에 우륵은 딱히 대답할 말을 찾지 못한 채 애꿎은 술잔만 만지작거렸다. 그때, 가실왕이 손을 내밀어 우륵의 손을 따뜻하게 잡았다. 우륵이 당황하며 고개를 들자 가실왕이 눈물을 그렁그렁하게 담은 채 우륵을 바라보고 있었다.

"왜 이러십니까?"

우륵이 허둥지둥 무릎을 꿇고 고개를 조아렸다. 왕이 손을 잡는 것도 드문 일인데 눈물까지 글썽이며 자신을 쳐다보고 있으니 우륵은 어찌할 바를 몰랐다.

"이보게, 우륵."

가실왕이 잡은 손에 힘을 주며 말을 이어 나갔다.

"가야를…… 가야를 연주할 수 있는 곡을 만들어 주게."

우륵이 천천히 고개를 들었다. 전혀 예상하지 못한 말일뿐더러, 선뜻 이해가 되지 않는 주문이었다.

"가야를 연주하다니요?"

"정말 오랫동안 생각했네. 국가란 무엇이고, 백성이란 무엇일까. 왕은 무엇이며, 신하는 또 무엇일까. 그리고 가야는…… 가야는 과연 무엇일까를 말일세."

"……."

"내가 내린 결론은 국가는 땅덩이가 아니라는 것이네."

"땅이 아니라니요?"

"가야의 혼을 지닌 사람들이 머무는 곳, 그곳이 곧 가야라는 말일세. 나는 그동안 이 땅덩이를 지키느라 주변 나라의 눈치를 보며 백성들이 이 땅에 살게 하는 것에 힘써 왔네. 헌데 땅에서의 삶은 한계가 있어. 언제 주인이 바뀔지 모르는 땅덩이를 지키기 위해 애쓰는 시간이 허무하게 느껴지더군."

"어찌 그런 생각을 하셨습니까?"

"자네가 전에 나한테 한 말이 있다네. 가야의 음악을 백제에서 연주해도 신라에서 연주해도 사람들은 그 음악에 맞춰 울고 웃더라며, 사람 생각 다 똑같고 어디서든 사람 사는 이치는 다 같더라고 말이지. 그 말이 나에겐 큰 충격이었다네. 나는 이 작은 가야가 전부라서 그동안 가야를 유지하는 데만 애써 왔어. 물론 앞으로도 하는 데까지는 해 볼 작정이네. 내 백성들이 하루아침에 터전을 잃고 유민이 되는 것을 원하지는 않으니. 헌데 말이야, 내가 죽고 나서의 가야와 내 백성들을 생각하지 않을 수가 없다네."

"왜 그런 무서운 말씀을 하십니까?"

"모든 살아 있는 것은 죽지 않나. 그것을 대비하는 것이 어찌 무서운 일이 되겠나. 땅도 그렇고, 나라도 마찬가지지. 어차피 영원히 지킬 수 없는 나라라면…… 그 나라의 가치 하나는 내 백성들에게 남겨 줘야 하지 않겠나. 그래야 어딜 가서 자리 잡고 살더라도 그 마음속에 가야의 힘이, 가야의 긍지가, 가야의 기억이 남아 가야가 유지되지 않겠는가 말일세."

차분하지만 힘 있는 가실왕의 말에 우륵은 왈칵 눈물이 쏟아졌다. 영원하지 않을 나라를 영원히 기억하게 하려는 왕의 마음이 고스란히 느껴졌다.

가실왕은 정자 한 구석에 놓여 있던 기다란 물건을 우륵 앞으로 내밀었다. 두꺼운 천으로 둘둘 말려 있었다. 우륵이 눈물을 닦으며 가만히 고개를 들었다.

"이게 무엇입니까?"

"풀어 보게."

우륵이 천천히 천을 풀었다.

"이것은…… 쟁이 아닙니까."

"찬찬히 살펴보게."

고개를 갸웃거리는 우륵을 보며 가실왕이 설명을 덧붙였다.

"중국의 쟁을 본 따 내가 만든 악기일세. 앞으로 자네가 좀 더 다듬어야겠지. 위가 둥근 것은 하늘을 본 딴 것이고, 아래가 평평한 것은 땅을 의미하네. 가운데가 빈 것은 천지와 사방을 담아내기 위한 것이고, 열두 개의 줄은 가야의 열두 지방을 의미한다네. 나는 자네가 이 악기로 가야의 음악을 만들어 주면 좋겠네. 가야의 모든 것을 음악에 담아낼 수 있는 사람은 오직 자네밖에 없다고 믿고 있거든."

우륵은 가만히 악기를 무릎에 얹었다. 그리고 손으로 한 줄, 한 줄 퉁기고 뜯으며 각각의 소리를 마음에 새기듯 들었다. 악기를 한참 쓰다듬다가 심호흡을 한 번 크게 하고 천천히 연주를 시작했다. 구슬프면서도 격정적이고, 빨랐다가 느려지는 음악이 길게 이어졌다. 마치 가실왕의 부탁에 대한 대답인 듯 열정적인 연주였다. 우륵이 연주를 하는 동안 가실왕은 두 눈을 꼭 감고 음악에 집중했다.

연주가 끝난 뒤, 우륵이 가만히 가실왕을 바라보았다. 왕의 얼굴에 눈물이 흐르고 있었다. 우륵 또한 눈물과 땀이 범벅된 얼굴을 가만히 옷소매로 찍어 내고는 천천히 악기를 천으로 감쌌다. 일어나 가실왕에게 절을 올린 뒤 악기를 등에 짊어졌다.

"악기의 이름은 가야금일세."

우륵의 연주에서 자신이 원하는 대답을 들은 가실왕이 한결 가벼워진 목소리로 마지막 말을 했다. 그 말에 우륵이 다시 한번 허리를 깊이 숙여 인사를 한 뒤 조용히 물러났다.

우륵의 뒷모습을 지켜보던 가실왕이 눈물을 흘리며 중얼거렸다.

"가야…… 가야를 들었다. 이것으로 충분하구나."

어느새 먼 곳에서 동이 터 오고 있었다.

## 8. 가야의 음악가

"아이고, 그만 좀 울어라. 어디에서 온 녀석이기에 그렇게 쉬지도 않고 울어 대냐!"

"안 울려고 해도 자꾸 눈물이 나는 걸 어떡해요. 벌써 며칠이나 지났는데 스승님한테는 연락도 없고."

"내 생각에 올 거면 오늘쯤 올 거고, 안 올 거면 나도 모르겠다. 네놈 울음소리가 아주 꿈에도 들려! 작작 좀 혀!"

"그러니까 스승님 찾으러 가게 해 주시면 되잖아요. 그것도 못하게 하면서 왜 그러세요, 엉엉."

"너는 길 이자뿌렀을 때 어찌 해야 한다고 안 배웠다냐? 일단 누굴 기다리려면 헤어진 그 자리에 똑띠 서 있어야지 서로 찾겠다고 싸돌아댕기면 결국 엇갈려서 못 찾아야, 알것냐?"

"궁으로 가는 길은 하나라면서요."

"징한 것. 어째 내내 징징거린다냐 진짜. 밥도 안 묵고. 내 평생 너 같은 외골수는 처음 본다."

혀를 끌끌 차면서 들어가 버리는 토기 장수는 안중에도 없이 명구는 구석에 앉아 계속 훌쩍였다. 군인들에게 끌려가던 우륵의 모습을 떠올리고 또 떠올리면서 무조건 함께 간다고 할걸, 따라붙을걸, 후회를 반복하며 가슴을 치고 있었다.

명구도 토기 장수도 서로 지쳐 떨어질 무렵, 토기 가게 문을 누군가 쿵쿵 두드렸다.

"문을 누가 이렇게 두드려. 어라, 우륵이?"

투덜거리며 문을 연 토기 장수의 눈이 휘둥그레졌다. 그리고 그의 입에서 우륵이라는 말이 나오자마자 명구가 쏜살같이 뛰어나와 우륵의 품으로 뛰어들었다.

우아아아앙.

명구가 우륵을 붙들고 대성통곡하기 시작했다. 우륵은 명구를 다정하게 안아 주며 도닥였다.

"울긴 왜 울어. 왜 저 아저씨가 괴롭히던?"

토기 장수가 어이없다는 듯 입을 삐끔거렸다.

"세상에, 밥도 안 줬나 보네. 애가 며칠 사이 배짝 말랐잖아. 아니, 사람이 왜 그렇게 정이 없어요?"

"아이고, 속에서 천불이 솟네. 이렇게 억울할 데가 또 있나. 이래서 머리 검은 짐승은 거두는 게 아니라고 하는 모양이네."

"크, 농담이요, 농담. 여기로 달려오는 동안에도 우리 토기쟁이가 잘 돌봐 주고 있을 거라는 믿음으로 안심하고 왔습니다. 고마워요."

"아니, 그렇게 고마울 일은 아니고. 나도 뭐 자네 신세 많이 지고 했으니께……."

칭찬에 익숙지 않은 토기 장수가 새삼 부끄러워하며 머리를 긁적였다.

"이제 자네 왔으니 저놈도 뭐 좀 먹것지. 굶은 속에 기름진 거 들어가면 죽죽 물똥 쌀 게 뻔하니 죽 좀 끓일게, 좀만 있어 봐. 자네도 피죽 한 그릇 못 먹은 얼굴인디 뭐."

괜시리 쑥쓰러움을 감추려는 듯 토기 장수가 부러 손을 탈탈 털며 가게 뒤 집 안으로 들어갔다.

명구는 여전히 우륵의 품에 안겨 훌쩍이고 있었다.

"걱정 많이 했구나."

"네에……."

"난 괜찮다. 그만 울어."

"저는 스승님이 잡혀간 뒤에 구하러 가려 했는데 저 아저씨가 가지도 못하게 하고."

명구가 다시 서러움이 밀려온 듯 껵꺽거리며 울었다.

"너 생각해서 그런 거야. 말은 좀 거칠어도 다정하고 좋은 분이야."

"그건…… 알아요."

"밥 먹고 다 얘기해 줄 테니 진정 좀 하고, 응?"

다정한 우륵의 손길에 명구도 차츰 안정을 찾았고, 토기 장수가 내온 죽을 그릇째 싹싹 긁어 먹었다.

"거참, 토기 몇 개 갖다 주고 내 식량을 다 털어 먹고 가네."

투덜거렸지만 얼굴에는 흐뭇한 빛을 감추지 못했다. 그런 토기 장수를 쳐다보며 우륵이 혼잣말처럼 속삭였다.

"하여간, 잘 먹어서 보기 좋다고 하면 등에 종기라도 솟나? 꼭 저렇게 배배 꽈서 말한다니까."

토기 장수가 쑥쓰러운 듯 빈 그릇을 거두며 말했다.

"객식구 오래 있음 피곤혀. 어여들 가."

"안 그래도 갈 길이 멀어 지금 일어납니다, 일어나요."

"잘 생각했어. 글구 한동안 오지들 말어."

"또 그런다, 또."

"괜한 소리 하지 말고 어여 가, 후딱."

"좋은 토기 들고 다시 오겠습니다."

"그러든가……."

토기 가게에서 나오는 길, 잠시 머뭇거리던 명구가 슬금슬금 다가가 토기 장수를 꼭 끌어안았다.

"아저씨, 저 위해 주시고 아껴 주셔서 감사해요."

당황한 토기 장수의 얼굴이 터질 듯 달아올랐다. 두 손을 어쩔 줄 몰라 한 손은 명구의 머리에, 다른 한 손은 명구의 어깨에 얹은 채 더듬더듬 대답했다.

"으…… 어…… 어여 가, 어여."

우륵은 웃음을 억지로 참았고, 명구는 토기 장수를 한 번 더 힘주어 껴안은 뒤 손을 풀었다. 어색하게 손을 흔드는 토기 장수의 배웅을 받으며 두 사람은 천천히 길을 떠났다.

마을을 빠져나와 한적한 길로 들어서자 명구가 입을 열었다.

"그런데 정말로 궁에 다녀오신 거예요?"

우륵이 주변을 한번 살펴본 뒤 길 옆 공터로 명구를 데리고 가 앉았다. 그리고 가실왕이 가야를 구석구석 돌아다니며 가야를 대표할 음악을 만들라는 명을 내렸다는 이야기를 들려주었다. 그래서 만약 명구가 원한다면 명구를 우륵의 본가에 데려다 놓고 떠나겠다고 했다.

"싫어요. 전 어디든 스승님과 함께 다닐 거예요."

"그래. 그렇게 말할 줄 알았다."

우륵이 씩 웃으며 명구의 머리를 쓰다듬었다.

"그러면 어디서부터 어떻게 시작해야 해요? 그리고 어떤 게 가야를 대표하는 음악이 될 수 있어요?"

"글쎄다. 우선은 가야 곳곳을 다니며 지역의 멋이 묻어나는 음악을 만들어야 하지 않을까 싶다."

"어디부터 가실 건데요?"

"아직 정한 것이 없어."

"그러면 성열현에서 시작해 보세요."

"내 고향에서 말이냐?"

"네. 저한테 가야는 아라가야인 것처럼 스승님의 가야는 성열현일 테니 그곳에서 시작하면 어떨까요?"

조심스러운 명구의 말에 우륵은 멍해졌다. 자신은 미처 생각지도 못한 것을 어린 명구가 생각해 낸 것이 놀라웠다.

"그래. 좋은 생각이다. 난 당분간 고향으로 돌아가지 못할 거라는 생각만 했지 내가 가장 잘 아는 가야를 먼저 볼 생각은 못 했구나."

"도움이 되었다니 기쁩니다."

"어떻게 시작해야 할지를 알게 되었으니 그 어떤 것보다 힘이 되는구나. 고맙다, 고마워."

진심으로 기뻐하는 우륵을 보며 명구가 쑥쓰러운 듯 머리를 긁적였다.

두 사람은 성열현을 향해 부지런히 걷기 시작했다. 잠자는 시간도 아끼고, 먹는 것도 걸으면서 먹었다. 중간중간 발바닥이 불이 나는 것처럼 아플 때나 잠시 쉬었다.

걷고 또 걸어 며칠이 지난 어느 날, 묵묵히 걷던 우륵이 걸음을 멈추고 언덕 아래 먼 곳으로 시선을 던졌다. 우륵의 시선이 닿은 곳에 아담하고 작은 마을이 하나 있었다. 군데군데 밥 짓는 연기가 오르는 마흔 가구 남짓한 작은 마을이었다. 떠나온 세월이 길지만 여전히 구석구석이 눈에 익은 곳, 고향이었다.

"저기가 스승님 고향 마을인가요?"

"그래. 저기가 내 집이다."

우륵의 목소리가 촉촉했다. 우륵은 마을이 가까워오자 눈에 띄게 천천히 걷기 시작했다. 마을로 가는 길에 보이는 나무와 풀, 버려진 논과 밭까지 지난 세월 동안 변한 것들을 모두 눈에 담으려는 듯 느리게 걸었다.

마을을 향해 걷고 있던 그때, 낭랑한 목소리가 들려왔다.

"열이…… 아니, 우륵?"

천천히 돌아보니 아리따운 아가씨가 하나 서 있었다. 머리에는 물동이를 인 채 우륵을 바라보고 있는 아가씨의 눈은 놀라움과 반가움, 원망이 한데 뒤섞인 듯 복잡하게 흔들렸다.

"화……보?"

"세상에, 너 우륵이 맞구나!"

놀란 화보가 물동이를 내려놓고 우륵 앞으로 와락 다가갔다.

"어머나 세상에, 아주머니 어떡하지. 기절하실 거 같은데. 아니, 아주머니보다 아저씨가 먼저 기절하시려나. 그동안 연락 한 번 없다가 이게 무슨!"

"넌 예뻐졌네. 못 알아볼 뻔했다."

우륵의 말에 화보의 얼굴이 발갛게 달아올랐다.

"얘는! 그럼 내가 아직도 꼬맹이일 줄 알았니?"

"그런데 아버지도 계셔? 배 타러 안 나가시고?"

"이런 무심한 아들 같으니라고. 오 년 전에 배에서 다친 뒤로는 배 안 타셔. 대신 나무 깎아서 목제품 만들고, 철 두들겨서 철제품 만들면서 마을 최고의 재주꾼이 되셨지."

"그런 일이 있었구나."

"여기서 이럴 게 아니라 어서 집으로 가자."

"넌 물 길으러 나온 거 아니었어?"

"아, 맞다. 내 정신 좀 봐."

반가움에 물동이마저 내동댕이친 화보를 보며 우륵은 모처럼 큰 소리로 웃었다. 그리고 멀뚱멀뚱 서 있는 명구에게 화보를 소개했다.

"어렸을 때부터 남매처럼 자란 이웃이다, 이름은 화보."

화보의 눈이 화등잔만 하게 커졌다.

"누구야? 혹시 아들?"

그 말에 명구와 우륵이 함께 웃음을 터트렸다.

"아들은 무슨! 큰일 날 소리. 나와 함께 다니는 제자야."

우륵이 자신을 제자라고 소개하자 명구는 어깨에 힘이 잔뜩 들어갔다.

"안녕하세요! 명구라고 합니다!"

"그래, 반갑다. 세상에, 우륵이 정말 훌륭한 악사가 되었나 보네. 제자를 다 데리고 다니고!"

우륵은 명구의 손을 잡고 마을 안으로 들어갔다. 화보에게는 밀린 얘기는 차차 하자는 말을 남긴 채였다. 화보는 따라가서 참견하고 싶은 마음이 굴뚝같았지만 오랜만에 가족끼리 만나는 시간을 방해하고 싶지 않아 우륵의 뒤에 대고 꼭 만나서 얘기해 줘야 한다고 몇 번을 다짐한 뒤에야 잰걸음으로 집으로 발길을 돌렸다.

우륵은 마을 가장 안쪽, 이제는 훌쩍 커서 둥치가 제법 굵어진 산벚나무가 있는 집으로 들어갔다.

"아버지! 어머니!"

마당으로 들어선 우륵이 떨리는 목소리로 안에 대고 소리를 쳤다.

"응? 뭐라고?"

방에서 우륵의 아버지가 뛰어나왔다.

"이게 누구야! 열이 아니니, 열아!"

부엌에 있던 우륵의 어머니도 달려 나와 두 팔을 벌려 우륵을 끌어안았다. 이미 어머니는 눈물범벅이었고, 아버지도 눈물을 글썽이며 우륵의 두 볼을 감싸 쥐고 얼굴을 쳐다봤다 부볐다 하며 정신없는 모습이었다.

"절 받으셔야죠."

우륵 또한 울먹이며 재회의 기쁨을 나누다가 부모님을 세워 두고 큰절을 올렸다.

"연락도 못 드리고…… 제가 불효자입니다."

"아니다, 아니야. 무소식이 희소식이라 생각하고 기다리고 있었다. 안 그래도 오늘 아침에 네가 좋아하는 오이지가 기막히게 익어 네 생각이 유난히 나더니만…… 이렇게 네가 오려고 그랬나 보다."

"아니, 대체 이게 무슨 일이냐. 어떻게 이렇게 갑자기 왔어?"

속사포처럼 쏟아지는 부모님의 질문에 우륵은 환하게 웃으며 대답했다.

"얘기가 깁니다. 천천히 말씀드릴게요. 아, 그리고 이쪽은……."

우륵이 뒤로 한 발짝 물러서 있던 명구를 끌어다 부모님에게 소개했다.

"제 제자 명구입니다."

명구가 큰절을 올렸다.

"아이고, 어린것이 아주 싹싹하니 잘생겼구나. 그래, 우리 우륵이 네 스승이란 말이지?"

"예. 훌륭하신 스승님께 하나에서 열까지 열심히 배우고 있습니다."

우륵의 부모님은 흐뭇하게 웃으며 명구와 우륵을 안으로 이끌었다.

"먼 길 와서 피곤할 텐데 일단 쉬어라. 내 저녁상을 근사하게 차려야겠다. 닭도 잡고 말린 생선도 요리해야 하니 쉬고 있어. 이야기는 밥부터 먹고 나누자."

우륵을 한참 쓰다듬던 어머니가 부엌으로 달려간 지 한참 뒤, 우륵과 명구 앞에 상다리가 부러질 것처럼 거한 상이 놓였다.

"어머니, 가야에서 먹을 수 있는 음식은 여기 다 있는 것 같은데요?"

"어서 먹어. 먹고 먹고 또 먹거라."

"어머니 밥상을 받고 나니 이제야 집에 온 실감이 나네요. 잘 먹겠습니다!"

우륵이 왔다는 소식을 듣고 시집간 누이들도 한달음에 집으로 달려왔다. 그 덕에 우륵은 밥을 먹다 말고 눈물 바람을 하는 누이들을 달래야 했다. 곧이어 이웃과 친구들과도 재회의 정을 나누었다.

명구는 어쩐지 허전한 마음에 마당에 나와 서 있었다. 가족과 고향, 친구란 저런 것이구나, 저런 온기가 자신에게는 없다는 생각에 침울해지려는 찰나, 우륵이 명구의 어깨에 손을 얹었다.

"자, 잘 봐 두거라. 이제 이곳이 네 집이고, 안에 있는 저분들이 네 가족이다."

자신의 마음을 읽은 듯한 우륵의 말에 명구의 눈에서 왈칵 눈물이 쏟아졌다.

"사내 녀석이 너무 자주 우는 거 아니냐, 응?"

머리를 쓰다듬는 우륵의 다정한 손길에 명구는 마음 한편이 몽글몽글해지는 것을 느꼈다.

"고맙습니다."

"이참에 말이다."

"이참에 뭐요?"

"진짜로 내 제자 하자."

"정말요?"

"그래. 토기 만드는 걸 봐도 그렇고, 풀피리 흉내를 내는 걸 봐도 재주가 없지는 않아 보이니 정식으로 악기를 배워 볼 테냐?"

"그럼요. 당연하죠. 정말 원하던 거예요."

"그래? 그런데 왜 한 번도 얘기하지 않았어?"

"스승님이 부담스러우실까 봐서요."

"어허, 내가 그럴 사람이야?"

"아뇨. 데리고 다녀 주시는 것만 해도 감사한데 악기까지 가르쳐 달라 하는 게 너무 염치없어서요."

"그런 소리 말고, 당장 내일부터라도 가르쳐 줄 테니 열심히 배워 봐."

"네, 정말 감사해요."

"어서 건너가서 자거라. 내일부터는 배우랴 가르치랴 바쁠 테니."

"네. 스승님은 안 주무세요?"

"나는 부모님과 누이들과 할 얘기가 좀 있어."

"아, 그럼 내일 봬요!"

명구를 방으로 들여보내고 우륵은 가족들이 모여 앉아 있는 방으로 갔다.

"이렇게 다 함께 있으니 정말로 네가 돌아온 게 실감이 나는구나."

여전히 반가워하며 우륵에게 바싹 다가앉는 가족들을 보며 우륵이 천천히 입을 열었다.


## 9. 열두 곡에 담긴 마음

"곧 다시 떠나야 합니다."

가족들의 얼굴이 굳어졌다. 우륵은 그동안 자신이 어떻게 살아왔는지, 각 나라를 다니며 어떻게 균형을 잡아 왔는지 그리고 가실왕을 만나 어떤 명을 받았는지를 가족들에게 차분하게 설명했다.

사연을 풀어놓은 우륵이 일어나 방구석에 놓아둔 가야금을 꺼내 가족들 앞에 내놓았다.

"이것이 왕께서 하사한 가야금입니다."

우륵이 가야금을 연주하기 시작했다. 가야금 소리는 잔잔하게 울리면서 우륵의 집을 넘어 이웃에 고루 퍼져 나갔다.

불을 켜 놓고 바느질을 하던 옆집의 화보도 우륵의 가야금 소리에 귀를 기울였다. 분명 악기 소리일 뿐인데도 사람이 옆에서 속삭이는 것처럼 이야기가 느껴지는 가락이었다.

가야금 소리에는 애절함과 간절함이 담겨 있었다. 이 곡을 연주하는 사람이 원하는 것이 있으면 반드시 들어줘야 할 것 같은 간절함이었다. 그 간절함은 서서히 슬픔으로 넘어갔다. 원하는 것이 이루어지지 않은 슬픔보다는 좀 더 깊은 슬픔이었다. 어쩌면 나라를 잃은 슬픔, 부모를 잃은 슬픔과 같은 애절함이었다. 가야금 소리를 듣던 사람들의 눈에 어느새 눈물이 맺히기 시작했고, 이내 눈물을 떨구게 한 연주는 다시 위로의 가락으로 옮겨 갔다.

다정하게 토닥이는 손길 같은 가락을 마지막으로 연주가 끝나자 우륵의 부모와 누이들은 누가 먼저랄 것도 없이 조용히 고개를 끄덕였다. 우륵이 가려는 길에 대한 응원이자 가도 된다는 허락이었다.

"악기는 좀 고쳐야 하지 않겠니?"

침묵을 깬 건 우륵의 아버지였다.

"아, 어떻게 아셨어요?"

"평생 배를 타고 다닌 덕분에 사방에서 좋은 소리를 들을 수 있었지. 지금은 음의 균형이 애매한 듯해서 말이다."

"네. 차츰 고쳐 나가야지요."

"네 제자를 가르치려면 악기가 하나 더 있어야 하겠구나. 마침 네 어머니 장을 해 주려고 오동나무를 잘라 놓은 것이 있다. 그걸로 울림통을 만들고 마당에 있는 산벚나무로 담괘(현악기에서 줄을 거는 턱)와 기러기발(현악기의 줄을 고르는 기구)을 만들면 될 거 같으니 며칠 기다려 보거라."

"저도 함께 만들겠습니다."

"그래. 같이 만들어 보자."

"그리고 누이들에게 부탁할 것이 있습니다."

누이들이 원하는 것은 뭐든 해 줄 표정으로 우륵을 쳐다보았다.

"질 좋은 줄이 필요합니다. 제일 굵은 것은 여든 가닥으로 잡고, 제일 얇은 것은 서른 가닥으로 잡아 열두 개의 줄을 굵기별로 만들어 주시면 좋겠습니다."

"누에에서 뽑은 것으로 말이니?"

"네. 쓰다가 끊어지면 갈아야 하니 좀 넉넉하게 타래로 만들어 주시면……."

"걱정하지 마. 실 잣는 건 우리가 전문이니까."

우륵을 도울 수 있다는 생각에 표정이 환해진 누이들 옆에서 어머니가 조심스레 물었다.

"나는 뭘 도와주면 되겠니?"

"어머니는 가야금에 장식할 멋진 술을 만들어 주세요. 가장 가야다운 것으로 달고 다니며 제가 연주하는 곡이 가야의 것임을 잊지 않을 수 있게."

"그래, 알았다. 최선을 다해 만들어 보마."

가족들의 든든한 지지에 우륵의 표정이 편안해졌다. 이제야 비로소 여정을 떠날 준비가 되었다는 생각에 한편으로는 기대되고 한편으로는 걱정도 되었다.

방을 나온 우륵이 크게 심호흡을 하며 천천히 마당을 걸었다. 명구는 잠이 들었는지 불이 꺼진 방에서는 아무런 소리도 들리지 않았다. 어두운 마당에는 오직 우륵과 달빛뿐이었다.

우륵이 걸음을 옮겨 집 밖으로 나갔다. 그렇게 넓고 크게 느껴졌던 집 앞길이 무척 좁아 보였다. 맨들거리던 돌에는 이끼가 껴 있었고, 어린 우륵이 매달리면 낭창낭창 휘어지던 어린 나뭇가지들은 굵게 자라 있었다.

우륵은 걸음이 닿는 대로 느리게 마을을 한 바퀴 돌았다. 저 멀리, 새를 얹은 솟대가 보였다. 마을 어귀에 세워져 있는 솟대는 우륵의 아버지가 깎아서 세운 것이라 했다.

우륵의 어머니는 유난히 달이 밝은 날 밤 진통을 시작해 이틀 날 해가 뜨는 순간 우륵을 낳았다. 달과 해가 모두 지켜 준 덕에 우륵이 무사히 태어난 것이라 믿은 아버지는 그날부터 단단한 나무를 골라 잘라서 말리고, 소금물에 절이고 다시 말리는 과정을 자그마치 삼 년을 반복해 튼튼한 기둥을 만들었다. 그리고 그 기둥 위에 일곱 마리 새를 각각 얹었다. 매끈하게 다듬어진 새가 얹힌 기둥을 마을 어귀에 세우던 날, 마을 사람들은 그 새가 사람들의 소원을 하늘로 전해 줄 것이라며 잔치를 벌였다고 했다. 우륵이 세 살 되던 해의 일이었다.

"천 일의 정성을 들였으니 천 년을 버티며 우리 가족과 마을을 지켜 줄 거야."

아버지는 우륵을 안은 채 흐뭇한 얼굴로 솟대를 오래오래 바라보았다.

그 후로 아버지의 정성 때문이었는지 마을은 한 번도 험한 일 없이 평안했다. 배를 타고 바다로 나갔다가도 다치거나 죽는 사람 없이 돌아왔고, 흉년이 든 적도 재해가 온 적도 없었다. 사람들은 아버지가 얼마 전에 다친 것도 다른 사람이면 죽었을 것을 천운으로 조금 다쳤을 뿐이라며 그게 다 아버지가 지성으로 깎은 새 덕분이라고 이야기했다.

어렸을 때부터 아버지가 깎은 새 이야기를 귀에 딱지가 앉게 들었던 우륵이기에 머리가 복잡하거나 마음이 힘들 때면 자기도 모르게 그 새 앞으로 가서 슬그머니 앉아 있곤 했다. 어릴 때의 고민이라 봐야 자잘한 것이었지만 솟대 아래 앉아 있으면 어쩐지 마음이 편안해지곤 했다.

습관처럼 마을 어귀 솟대로 향한 우륵이 멈칫 걸음을 멈추었다. 솟대 아래 화보가 앉아 있었다.

"여기서 뭐 해?"

화보가 화들짝 놀라며 일어났다.

"그러는 너는 집에 안 있고 왜 나왔어?"

"마을 좀 둘러보고 싶어서."

"떠나기 전에?"

"어?"

"너 또 떠날 거잖아."

"어떻게 알았어?"

"네가 연주하는 소리 들었어. 그 소리가 꼭 마지막 인사 같아서 너무 슬펐거든. 그래서 나와 있었어."

"그랬구나."

우륵은 솟대 아래 털썩 주저앉았다. 어쩐 일인지 어렸을 때부터 화보 앞에서는 거짓말을 못 하는 우륵이었다. 거짓말을 해도 늘 들켜 버렸고 굳이 거짓말을 해야 할 이유도 없었기에 어쩌면 화보는 우륵이 가장 솔직할 수 있는 상대였다.

"내가 가야를 위해 할 수 있는 일은 가야의 마음을 음악에 담아 전하는 것뿐인 거 같아."

"그래. 그렇겠지……."

어쩐지 화보의 목소리가 쓸쓸했다.

"그래도 난 네가 다시 떠난다는 게 서운하고 슬퍼."

우륵이 화보에게 거짓말을 할 수 없는 또 다른 이유는, 화보는 그 어떤 경우에도 우륵에게 솔직했기 때문이다. 이번에도 화보는 자신의 마음을 솔직하게 털어놓았다.

"막연하게나마 네가 돌아오면 다시는 떠나지 않고 이곳에 머물지 않을까 생각했어. 그러면 나는 어떻게든 널 붙잡겠다고 다짐했었거든."

"화보야……."

"그런데 아까 네 연주를 듣고 깨달았어. 더 이상 넌…… 내가 잡거나 매달릴 수 있는 사람이 아니구나, 네 세계는 이미 넓어져 버렸구나 하는 걸 말이야."

"……."

"모르긴 해도 내가 아마 세상에서 네 음악을 제일 많이 들었을 걸. 기억 안 나? 같이 놀자고 꾀어 들로 산으로 데리고 나가서는 옆에 앉혀 놓고 내도록 넌 피리만 불고 쟁만 뜯고……. 풀 있으면 뜯어서 풀피리 불어, 돌 있으면 나뭇가지로 두들기면서 내가 배가 고파 엉엉 울 때까지 그러고 놀았잖아. 설마 기억 못 하는 건 아니지?"

화보의 말에 우륵이 피식 웃었다.

"당연히 기억하지. 그러고 보니 세상에서 너만큼 내 음악을 많이 들어 준 사람이 없네."

"그러니까 알지. 네가 울고 싶을 때 우는 거 대신 연주하는 것도 수백 번 들었고, 속상할 때 화내는 거 대신 연주하는 것도…… 기쁠 때 고민할 때 나한테 말하는 거 대신 연주했는데 내가 그걸 모르겠니."

"고마워. 너야말로 내 진짜 지음知音(소리를 알아듣는다는 뜻으로 자신의 속마음을 알아주는 친구를 일컫는다.)이구나."

"지음……. 그래, 지어미 못 하면 지음이라도 하지 뭐."

"어?"

"됐어. 이 무딘 녀석아. 네가 결심한 길이 있으면 씩씩하게 앞만 보고 가. 나아가기로 했으면 남은 사람은 신경 쓰는 거 아니야."

"화보야."

화보가 자기를 마음에 두고 있었고 혼인까지 생각하고 있었다는 것을 안 우륵은 얼굴이 달아올랐다. 당황한 우륵을 대신해 화보가 무심한 척 말을 이었다.

"잠깐 그렇게 생각한 적 있다고. 너도 알다시피 내가 또 의리가 있어서 한 사람만 계속 바라보잖니. 그러니 신경 쓰지 말고 네 길을 가. 난 먼저 집에 간다. 참, 며칠은 더 있을 거지? 명구라고 했나? 그 친구 나한테 한번 보내. 옷 한 벌 지어 줄 테니. 그 옷 지을

때까지만 있어. 옷 다 지어지면…… 그때 떠나. 그 정도는 해 줄
수 있지?"

덤덤하게 말을 건네는 화보를 바라보며 우륵이 고개를 끄덕였
다. 그리고 뒤돌아 가려는 화보의 손을 슬그머니 잡았다. 화보가
흠칫 놀라며 걸음을 멈추었다. 우륵이 조용히 속삭였다.

"고마워. 그리고 미안해."

"됐거든."

끝까지 아무렇지도 않은 척, 화보는 씩씩하게 걸음을 옮겼다.
뒤도 한 번 돌아보지 않고 곧장 걸어갔지만 우륵은 화보의 어깨
가 낮게 떨리는 것을 보았다.

하!

깊은 한숨과 함께 우륵이 고개를 떨구었다. 머릿속이 복잡해졌
다. 지끈지끈 아파 오는 머리를 꾹 누르던 우륵의 눈에 길게 늘어
진 버드나무 가지가 들어왔다.

버드나무 가까이로 간 우륵이 가지를 하나 툭 하고 꺾었다. 호
드기를 만들어 입에 대고 천천히 불기 시작했다. 마치 서러운 울
음처럼 슬픈 소리가 끊어질 듯 이어졌다. 우륵의 마음인 것도 같
고 화보의 마음인 것도 같은 슬픈 호드기 소리가 가늘게 밤이 늦
도록 울려 퍼졌다.

그로부터 며칠 동안 우륵은 집에 머물면서 부모님과 함께 시간
을 보냈다. 아버지와 함께 가실왕이 내린 가야금을 보면서 악기

를 만들고 명구를 가르쳤다. 명구는 마른 흙이 물을 빨아들이듯 배우는 속도가 빨랐다. 그동안 억눌러 왔던 배움에 대한 욕구가 폭발이라도 한 듯 가르치는 대로 받아들였다.

새 가야금이 완성되고, 화보가 정성껏 짓는 옷이 거의 다 만들 어질 때쯤 명구의 실력도 놀랄 만큼 발전해 있었다. 우륵이 흥얼 거리는 음을 얼추 비슷하게 받아 적을 수 있었고, 어설프게나마 짧고 간단한 곡도 하나 연주할 수 있게 되었다. 명구의 성장에 우 륵은 자신의 일처럼 기뻐했다.

그렇게 또 며칠이 지나 두 사람이 성열현을 떠날 때가 다가왔 다. 그동안 식구들과 정이 든 명구는 이미 얼굴 가득 슬픔이 차 올라 툭 건드리기만 해도 눈물을 쏟아 낼 것 같은 표정으로 뚱 하게 서 있었다. 우륵은 가야금을 등에 멘 채 어머니를 끌어안고 이별하는 중이었다.

"부디 건강하셔야 해요."

긴 말을 다 꾹꾹 눌러 삼키고 우륵이 간신히 입 밖으로 낸 말 은 부디 건강하라는 한 마디였다. 그 말에 부모님은 다 안다는 듯 애써 웃음을 지으며 우륵에게 고개를 끄덕여 보였다.

명구가 꾸벅 인사를 했다. 입을 열면 울음이 터질 것 같아 앙 다문 입을 씰룩이는 것이 안쓰러울 지경이었다.

"명구야."

우륵의 아버지가 다정하게 명구를 불렀다.

"네에……."

명구가 간신히 대답하자 우륵의 아버지는 명구를 꼭 끌어안으며 말했다.

"돌아가신 네 부모님이 서운해하시겠지만 난 어느새 네가 내 아들 같구나. 내가 아들을 하나 더 낳으면 붙여 주려던 이름이 있단다. 앞으로 널 그 이름으로 불러도 되겠니?"

다정한 우륵 아버지의 말에 결국 명구의 눈물샘이 터지고 말았다. 명구를 꼭 끌어안으며 우륵의 아버지가 귀에 대고 가만히 속삭였다.

"오늘부터 너는 내 둘째 아들, 이문이다. 이문아, 네 형님 우륵을 잘 부탁한다."

"네. 저는 오늘부터 이문이에요."

명구는 이문이라는 이름을 계속 되뇌었다.

"가자, 이문아."

우륵이 이문의 어깨에 손을 턱 얹었다. 그리고 씩씩하게 손을 흔들며 삽짝을 나섰다. 어디선가 숨어서 눈물지을 화보의 모습이 눈에 밟혔지만 뒤돌아보지 않았다. 지금부터는 그저 앞으로 나아가야 한다는 것을 우륵은 잘 알고 있었다.

그렇게 집을 나선 뒤 우륵과 이문은 가야의 구석구석을 돌아다녔다. 발로 걷고 귀를 열어 소리를 모으기를 삼 년. 그동안 이문은 아이티를 벗었고, 우륵은 수염이 부숭한 장년이 되었다.

두 사람은 서로에게 좋은 벗이자 형제였다. 이문은 친형을 대하듯 우륵을 챙겼고, 우륵도 자신이 알고 있는 것을 아낌없이 이문에게 알려 주었다.

그렇게 가실왕이 지시한 대로 가야 구석구석을 돌아다니며 가야의 소리를 모으는 동안 가야의 상황은 좋아지지 않았다. 신라와 백제의 날 선 대립은 날이 갈수록 심해졌고, 그 사이에서 가야는 조금씩 신라와 백제에 흡수되어 갔다. 국경에 자리한 마을은 하루가 멀다 하고 나라가 바뀌었고, 백성들은 먼저 투항해 버리거나 멀리, 더 안쪽에 있는 가야로 도망을 갔다. 결국 가야의 입지는 점점 좁아졌고, 신라와 백제의 영토는 조금씩 넓어져 갔다.

그런 와중에도 우륵의 명성은 점점 더 사방으로 퍼져 나갔다. 가야의 소리를 모으며 다니는 가운데 머무는 곳마다 밤새 이문과 함께 가야금을 연주하고 곡을 만들었기에 퍼진 소문이었다. 떠돌아다니는 악사와 그의 제자가 연주하는 음악이 가슴을 치고 어깨를 들썩이게 하며 발을 구르게 만든다는 소문은 어느새 가야 땅을 휩쓸고 이웃 나라 백제와 신라에까지 파다하게 퍼졌다.

사람들이 천재 악사라고 입이 마르게 칭송할수록 우륵은 점점 말이 없어졌다. 옆에 붙어 계속 말을 거는 이문이 없었으면 몇 날 며칠을 입 한 번 떼지 않고 지나갈 정도로 말없이 연주만 했다. 손으로는 계속 신들린 듯 가야금을 만지고 있었지만 그때마다 우륵의 마음속에서는 전쟁 같은 생각의 폭풍이 휘몰아쳤다.

우륵은 하루에도 몇 번씩 가야의 음을 모으는 일 대신 팔을 걷어 부치고 땅을 갈아 곡식을 심는 것이 더 나은 것이 아닌지, 백제와 신라를 돌아다니며 이간질을 시켜 자멸하게 만드는 것이 더 빠른 길이 아닌지를 고민했다.

밀정으로서의 역할이 줄어들고 음악가로 사는 동안 신라와 백제는 대놓고 싸움을 벌였고, 우륵이 그동안 차근차근 쌓아 둔 아슬아슬한 평화도 찾아보기가 어렵게 되었다. 하루하루가 질풍노도 속을 지나가는 것처럼 힘든 상황에 가야금만 만지고 있는 자신을 보는 것이 쉽지 않았다. 그런데도 우륵은 마음이 흔들릴 때마다 자신에게 눈물을 보이며 부탁하던 가실왕의 얼굴을 떠올렸다. 가야의 음악을 어떻게든 후대에 남겨 가야의 이름이 잊히지 않게 하는 것. 그러기 위해서는 나라나 시대를 생각하는 것보다 음악을 전하고 유지시키는 걸 우선으로 생각해야 했다. 설령 그것이 당장은 가야를 배신하거나 모른 척하는 일이 되더라도, 그래야만 음악이 유지될 수 있다면 그것이 자신이 가야 하는 길이었다. 그 사실을 누구보다 잘 알고 있는 우륵이기에 천재 악사라는 칭찬과 함께 세상 돌아가는 것 모르고 음악이나 하고 있다는 비아냥까지도 받아 내며 묵묵히 가야금을 연주해 온 것이다.

가는 곳마다 우륵의 음악을 듣기 위해 사람들이 모여들던 어느 날, 어김없이 연주에 몰두하고 있는 우륵과 이문 앞에 군사 대장이 나타났다.

"오랜만에 뵙습니다."

이제는 눈가에 열망보다는 인자함이 더 많이 묻어나는 군사 대장에게 우륵이 빙긋 웃으며 인사를 한 뒤 가야금을 천으로 싸기 시작했다.

"안 그래도 오실 때가 되었다 생각했습니다. 가시지요."

"제자도 함께 가실 겁니까?"

우륵이 이문을 바라보며 고개를 끄덕였다.

"그럼요. 이 녀석이 지은 곡도 있는걸요."

우륵의 말에 이문도 자신의 가야금을 챙겼다.

"가십시다, 가실왕께."

우륵과 이문은 군사 대장을 따라나섰다.


## 10. 스러져 가는 가야

가실왕은 많이 쇠약해져 있었다. 고민이 깊어 늙은 모습이 역력했다. 수년 전 우륵에게 가야를 위한 가락을 만들어 달라고 부탁할 때만 해도 기세가 등등하던 눈빛은 걱정과 근심으로 흐려져 있었다.

"오랜만에 뵙습니다."

가실왕이 살짝 비틀거리다 천천히 다가와 우륵을 꼭 안았다.

주변에 있던 신하들이 화들짝 놀라 만류하려 했지만 가실왕은 우륵의 두 손을 잡고 말없이 쓰다듬었다. 우륵은 가실왕 앞에 무릎을 꿇었다.

"너무 늦었습니다. 하지만 소신 열두 개의 곡을 완성했습니다."

"고생했네. 들려줄 수 있겠나?"

"물론입니다."

"내 당장 연맹의 수장들을 불러 모으겠네. 오늘은 이만 물러가 쉬고, 다 모이면 그때 들려주게."

가실왕이 손을 들어 표하자마자 주변에 대기하고 있던 군인들이 잽싸게 뛰어나갔다. 그리고 얼마 지나지 않아 궁 가까운 봉수대에서 연기가 피어올랐다. 사방에 흩어져 있는 가야 연맹의 왕들을 궁으로 불러 모으기 위한 봉화가 시작되었다.

며칠 되지 않아 다급하게 말을 타고 달려온 가야 연맹의 왕들이 가실왕의 궁으로 모여들었다.

"다들 급하게 오시느라 애쓰셨소."

가실왕이 왕들을 한데 모은 뒤 말을 꺼냈다.

"우리 가야도 참 오래되었습니다."

차분한 가실왕의 목소리에 모두가 숨을 죽인 채 가실왕을 쳐다보았다. 한때는 서로 미워하기도 하고 싸우기도 하고 이간질을 하기도 했던 사이지만 어쩐지 그런 감정들을 내려놓게 만드는 차분하고 힘 있는 목소리였다.

"융성했던 금관가야의 뒤를 이어 우리 대가야가 여러분과 함께 가야의 명맥을 이어 가고 있지만, 참으로 위태로운 것이 오늘의 현실이지요. 이제 와서 하나의 나라로 통일하기도 어렵고, 그렇다고 이대로 가다간 백제와 신라에게 어떤 식으로 먹힐지는 아무도 모르는 일 아니겠습니까."

가실왕의 말에 구석에 있던 금관가야의 구형왕이 버럭 화를 냈다.

"아니, 지금 그런 시시한 얘기나 하려고 봉화를 피워 불러낸 겁니까?"

금관가야는 신라와 예민한 관계에 처해 위태로운 형편이었기에 구형왕은 심기가 불편한 상태였다. 그나마 힘을 가지고 있는 대가야의 가실왕이 가야 연맹의 왕들을 부른다는 소식을 들었을 때는 내심 가야의 힘을 모아 금관가야와 신라의 싸움에 지원을 해 주지 않을까 하는 기대가 있었다. 그런데 기대했던 말은 나오지 않고 뜸 들이듯 다른 이야기만 계속하는 것이 영 마음에 들지 않았다.

"여러분께 귀한 것을 들려주려고 모이라 한 것이니 일단 다들 앉으시지요."

가실왕이 먼저 자리를 잡고 앉자 나머지 왕들도 엉거주춤 앉기 시작했다. 모두 영문을 모르겠다는 얼굴로 서로 눈치만 보고 있을 때, 우륵이 가야금을 들고 그들 앞으로 나와 섰다. 천천히 인사를 하고 앉는 우륵을 보며 사방에서 웅성댔다.

"혹시 떠돌이 악사라는 그자 아닌가?"

"아, 사방 다니면서 연주를 한다던?"

"백성들이 듣고 눈물을 흘리지 않은 자가 없다 하던데……."

"들어 보신 적이 있습니까?"

"한 번도 들어 본 적이 없습니다. 궁으로 한번 부르려 사람을 보냈더니 이미 사라지고 없었기에……."

"저도 그렇습니다. 신출귀몰하기가 이루 말할 수 없는 자라 들었는데 저자를 여기서 만날 줄이야."

숙덕거리는 소리를 뒤로하고 우륵이 조용히 눈을 감고 숨을 골랐다. 그리고 손을 아주 느리게 가야금 위로 올려놓았다.

멀찍이 떨어져 앉아 있던 이문이 우륵의 손이 가야금 위에 자리를 잡은 것을 확인한 뒤 뱃속 깊은 곳에서부터 우렁차게 소리를 꺼냈다.

"하가…… 라도!(우륵의 열두 곡 가운데 첫 번째 곡으로, 하가라도는 지금의 함안 지역으로 알려져 있다.)"

이문의 소리를 신호 삼아 우륵이 첫 번째 곡을 연주하기 시작했다. 맑은 물소리처럼 가볍게 시작해서 깊이 있는 소리로 옮겨 가는 동안 사람들은 넋을 놓고 우륵의 음악에 빠져들어 갔다.

"물을 댄 논에서 사람들이 흥겹게 농사를 짓는 모습이 그려지는 것 같소."

음악을 듣던 이 가운데 하나가 중얼거렸다. 그 말에 수긍한다는 듯 다들 고개를 끄덕이던 그때, 첫 번째 곡이 끝나고 다음 곡이 시작되었다. 이번에도 신호는 이문이 외친 곡명이었다.

"상가…… 라도!"

우륵의 연주는 거침없이 이어졌다. 가사가 없지만 때로는 백성들의 말을 담아낸 것 같고, 때로는 수려한 자연 풍광을 담아낸 것처럼 서정적으로 느껴지는 음률이 끝없이 이어졌다. 하가라도와 상가라도로 시작된 연주는 통통 튀는 공놀이처럼 보기를 지나 달이, 사물, 물혜, 하기물, 사자기, 거열, 사팔혜, 이사까지 쉬지 않고 이어졌다. 드디어 마지막 곡인 상기물 연주가 시작되었다.(곡 이름은 당시 군·현의 이름에서 따 왔다고 전해진다.)

애환이 담긴 듯한 가녀린 곡조가 박자를 타고 사람들 사이를 유유히 흘렀다. 우륵이 연주하는 곡은 빨라졌다 느려지기도 하고, 민요 가락인 듯 신이 났다가 다시 차분해지기도 했다. 가야금을 연주하는 우륵도, 그 곡을 듣고 있는 가실왕과 가야 연맹의 왕들도 시간 가는 줄 모르고 음악에 집중했다.

긴 시간이 지나고 어느덧 상기물 연주도 마무리되었다. 마지막 한 음을 뜯은 우륵은 손을 가야금 위에 올려놓은 채 숙인 고개를 들지 못했다. 우륵의 어깨가 가늘게 떨리면서 가야금 위로 눈물이 뚝뚝 떨어졌다.

가실왕의 명을 받들어 온 가야를 돌아다닌 지난 시간 동안, 우륵은 가야 땅이 얼마나 아름답고 가야에 사는 사람들이 얼마나 총명한지를 몸소 느끼고 깨달았다. 그와 동시에 가야가 얼마나 연약한지도 매일 느끼곤 했다. 꽃과 나비, 새를 좋아하는 고운 심성의 사람들은 예술을 사랑하고 문화를 즐기며 행복해했다. 손재주가 좋아서 쇠와 금을 능숙하게 다루어 무기를 잘 만들었지만 그것으로 전쟁을 벌이는 것은 좋아하지 않았다. 이러한 성향이 오래 지속되며 나라가 유지되어 오는 동안 결국 지쳐서 스러져 가는 것 또한 백성들이었다.

이미 금관가야는 대부분의 부자와 귀족이 신라로 귀속한 상태였다. 우륵이 둘러보는 동안에도 하룻밤에 몇 집씩 비곤 했다. 우륵과 이문이 아무 데나 들어가서 몸을 뉘어도 그 누구도 뭐라 하지 않는 번듯한 집들이 즐비했다. 광에는 미처 가지고 가지 못한 곡식과 천이 뒹굴었고, 동네 사람들은 특별한 일도 아니라는 듯 무관심했다. 사람이 떠나 비어 버린 동네는 자연스레 신라의 영토가 되었고, 마지막까지 저항하며 가야 사람으로 죽어 간 이들은 마을을 지키던 군인들과 끝까지 기개를 굽히지 않은 장군 몇이 전부였다.

백제 땅에서도 사정은 마찬가지였다. 호시탐탐 신라와 싸워 이길 생각에 몰두해 있었기에 백제는 가야에서 넘어오는 유민들이 만드는 철제 무기와 발 갑옷에만 관심을 가졌다. 이것들을 만드는 재주가 있는 사람들은 그나마 자리를 잡을 수 있었지만 그렇지 않은 가야 사람들은 구걸을 하며 지낼 수밖에 없었다.

그런 가야 사람들의 모습에 우륵보다 더 마음 아파한 사람은 이문이었다. 이문 자신의 어려웠던 어린 시절이 겹쳐 떠올라 백제 쪽에 가까운 상기물과 하기물을 돌아다닐 때는 하루도 울지 않은 날이 없을 정도였다.

오랜 시간 같이 다니며 이문은 우륵이 하는 일에 한 번도 토를 달지 않았다. 그런 이문이 하기물에서 굶어 죽은 아이 셋을 발견하고 반나절 동안 땅을 파 아이들의 무덤을 만들어 주던 날, 처음으로 우륵에게 질문을 했다.

"스승님……."

무덤을 만드는 내내 대성통곡을 하던 이문이 푹 잠긴 목소리로 입을 열었다.

"왜 부르느냐."

"이들을 위해 음악을 하는 것이 맞는 일일까요?"

"그게 무슨 말이냐?"

"칼을 들고 싸우는 것이 아니라 음악을 만드는 게 지금의 상황에서 옳은 일인가 말입니다."

"분하냐?"

"네. 저 아이들이 죽기 전에는 그 부모가 죽었겠지요. 부모가 죽은 뒤 남겨진 아이들이 제대로 먹을 수 있었겠습니까. 뼈에 가죽만 남은 채 죽은 걸 보면 내내 굶었을 것이 분명한데, 저런 아이들에게 음악이 무슨 소용인가 싶습니다."

"그러면 지금이라도 농사를 지어 곡식을 내고, 칼을 휘둘러 네가 서 있는 그만큼의 땅을 지켜 낸다면 몇이나 구할 수 있을 것 같으냐?"

"그래 봐야 한두 명이겠지요."

"그 한두 명은 영원히 죽지 않고 살 수 있을까?"

"아뇨. 그들도 언젠가는 죽습니다……."

"그래. 모든 생명이 있는 것은 죽는다. 가는 데는 순서도 없고 지위도 없고 정해진 것은 아무것도 없지. 나는 나라도 마찬가지라고 생각한다. 나라는 백성들로 인해 살고 죽는 것 아니겠느냐. 백성이 모두 죽으면 그 나라는 사라지는 것이지. 그런데 말이다. 백성이 어느 곳에라도 살아 있다면 그곳이 곧 그 나라가 된다. 가실왕은 그걸 말씀하셨다. 지금 네가 하는 고민과 비슷한 질문을 내가 했을 때 가실왕은 어차피 영원히 지킬 수 없는 나라라면 그 나라의 가치 하나는 백성들에게 남겨 주어야 하지 않겠냐고 되물으셨다. 그래야 어딜 가서 자리 잡고 살더라도 그 마음속에 가야의 힘이, 가야의 긍지가, 가야의 기억이 남아 가야가 유지되지 않겠냐고. 그 말이 내 마음을 울렸다. 나도 죽고 언젠가 너도 죽겠지. 그리고 우리 가야 또한 스러지겠지만 가야의 혼을 담은 음악이 이어지는 한 가야는 사라지지 않을 것이다. 그래서 말이다, 이문아."

"네."

"나는 가야를 버려야 할 때가 오면 그리할 것이다."

"그게 무슨 말씀입니까? 가야를 버리다니요?"

"가야가 멸망하고, 이 땅에 사는 사람들이 가야를 잊는 날이 오면, 나는 가야를 버리고 다른 나라로 기꺼이 갈 테다. 그래서 그곳에서 가야의 음악을 전할 것이다."

"스승님⋯⋯."

"사람들이 나를 배신자라고 해도, 한 명이라도 내 음악을 듣고 가야를 기억할 수 있다면 나는 그것으로 만족할 것이다."

그날 이후 이문은 우륵에게 단 한 번도 다른 의견을 내지 않고 우륵이 하자는 대로 묵묵히 따랐다. 우륵이 가야를 담은 열두 곡의 음악을 만드는 동안 이문 또한 세 개의 곡에 가야를 담아냈다.

그렇게 이문과 함께 가야를 오롯이 담아내기 위해 노력한 결과물을 오늘 한 번에 펼쳐 보이고, 비로소 우륵의 울음이 터진 것이다. 우륵이 흐느끼자 이문도 소리 죽여 울기 시작했다. 그리고 둘의 눈물이 전염이라도 된 듯 가실왕과 가야 연맹의 수장들 사이로 퍼져 나가 결국 눈물바다를 만들고 말았다.

가실왕이 다가와 우륵의 손을 꼭 잡아 주었다.

"고맙네."

우륵이 대답도 하지 못한 채 계속 눈물만 흘리고 있자 가실왕이 우륵의 어깨를 쓰다듬으며 그의 마음을 이해한다는 듯 고개를 끄덕였다. 가야 연맹의 수장들도 가실왕이 우륵에게 이 곡들을 만들게 한 까닭을 이해할 수 있었다.

모두가 가실왕과 우륵의 노고에 감사하며 궁을 떠난 뒤 가실왕은 우륵에게 마지막 부탁을 했다.

"가야 곳곳을 다니며 이 음악을 퍼트려 주게. 되도록 많은 사람들이 이 열두 곡을 기억하고 전할 수 있도록 말일세."

명을 받들고 궁 밖으로 나온 우륵이 구형왕의 금관가야가 멸망했다는 소식을 들은 것은 그로부터 반년이 지난 뒤였다.

# 나라 잃은 자

## 11. 진흥왕과의 만남

금관가야는 가야가 나라의 꼴을 갖추는 데 가장 큰 역할을 했다. 비록 여러 번의 전쟁을 겪고 세력이 약해져 대가야에게 주도권을 넘겨주기는 했지만 넓은 지역을 차지한 채 신라와의 경계를 든든히 받쳐 주던 금관가야가 멸망했다는 소식은 모두에게 충격이었다.

가실왕은 몇 날 며칠을 두문불출하고 앓아누울 정도로 큰 충격에 휩싸였다. 그동안 가야 연맹은 그나마 금관가야가 버텨 주고 있었기에 신라와 전면전을 피할 수 있었다. 그런데 이제는 고스란히 그 역할을 대가야가 해야 할 지경이 되고 말았다. 게다가 금관가야의 인재들이 상당수 신라로 망명한 것도 대가야로서는 부담스러운 일이었다. 또한 지형과 문화를 비롯해 가야의 사정을 속속들이 알고 있는 가야 사람들이 신라에 잔뜩 있었기 때문에 때로는 신라와 싸우는 것인지 가야 사람과 싸우는 것인지 헷갈릴 정도였다.

나라가 혼란스러운 동안 우륵은 더욱더 가야금 연주에 몰두했다. 처음에는 그런 우륵을 이해하지 못하던 사람들도 어느새 우륵의 음악에 시름을 놓고 젖어 들게 되면서 이내 우륵에게 고마워했다.

우륵과 이문은 가야 곳곳을 돌아다니며 산 좋고, 물 맑은 곳에서 몇 시간씩 가야금을 연주했다. 길을 가다 마을이 나타나면 마을 사람들이 오가는 길목에서 연주를 계속했다. 열두 개의 곡을 돌아가면서 연주했는데, 때로는 이문과 둘이 연주를 주고받기도 하면서 매번 다른 연주를 선보였다. 그럼에도 우륵이 반드시 지키는 한 가지는, 머물던 마을에서 떠나기 전에는 꼭 하가라도에서 상기물까지 열두 개의 곡을 쭉 이어서 한 번 연주하는 것이었다. 마치 그 고장에 가야의 이야기를 깊이 새겨 놓고 떠나기라도 하려는 듯 어디를 가건 반드시 지켰다.

우륵의 연주는 어느새 가야 곳곳을 물들이고 가야 사람들은 누구나 우륵이 만든 곡 하나 정도는 흥얼흥얼할 수 있게 된 어느 날이었다. 조용히 가야금을 조율하고 있는 우륵을 어떤 사람이 찾아왔는데, 한눈에 봐도 범상치 않아 보였다.

"당신이 우륵입니까?"

"그렇습니다만."

"저는 진흥왕께서 보낸 유진이라 합니다. 저와 함께 가시지요."

유진은 신라 진흥왕이 음악에 대한 조예가 매우 깊으며 우륵과 가야금에 대해 심히 궁금해하니 가서 연주를 한번 하고 가야금에 대해 설명해 주는 것이 어떻겠냐고 이야기했다. 우륵은 유진에게 며칠만 시간을 달라 부탁하며 돌려보낸 뒤 이문을 불러 의견을 물었다.

"이문아, 신라의 진흥왕이 나를 보자고 한다는구나."

"왜요?"

"밀사의 말로는 진흥왕이 내 음악과 가야금을 궁금해한다는구나."

"가야의 음악을 들려줄 좋은 기회가 아닙니까?"

"그건 그렇지만 어쩐지 마음이 불안하구나."

"느낌이 안 좋으신 건가요?"

"그래. 어째 이번에 가야를 떠나면 다시는 못 돌아올 것 같은 기분이 드는구나."

"그게 무슨 말씀이세요. 가야는 우리 조국인데 당연히 돌아와야지요."

"그래. 내가 걱정이 많아졌나 보구나. 쓸데없는 말을 했어."

"혹시 전에 말씀하신…… 그 상황이 올 것 같아 그러시는 건

가요?"

"가야를 버려야 하는 상황 말이냐?"

"네."

"그럴 수도 있지. 전하의 명을 받들기로 한 날부터 단 한순간도 두렵지 않은 적이 없었으니까. 이문아, 만약 그런 날이 오면…… 너는 나를 떠나도 된다."

우륵의 얼굴이 고요했다. 체념과 고뇌가 오래 머물다 간 듯한 표정이었다. 그런 우륵을 보며 이문이 무심하게 물었다.

"언제 떠나실 겁니까?"

우륵은 무심한 듯 자신을 대하는 이문을 보며 희미하게 웃었다. 절대 우륵의 곁을 떠나지 않겠다는 이문의 마음의 소리를 들은 듯했다.

"우선 가기 전에 부모님을 뵙고 싶구나."

"부모님을요?"

"그래. 가야를 떠나 타국으로 가는데 한 번은 봬야지 않겠느냐."

우륵의 말에 이문의 얼굴이 밝아졌다.

"저도 그동안 많이 뵙고 싶었습니다. 그러면 지금 당장 떠날까요?"

"그러자. 지체할 필요가 없지. 어차피 짐이야 악기와 옷가지가 전부니 훌훌 가 보자꾸나."

두 사람은 단출한 짐을 챙겨 들고 고향으로 향했다.

수년 만에 온 고향이지만 달라진 것은 아무것도 없었다. 나무가 좀 더 무성해졌고 비어 있는 집이 늘어난 것 외에는 모든 것이 똑같았다. 반색을 하며 반겨 주는 우물가의 화보까지 변한 건 아무것도 없었다. 아니 딱 하나, 화보 옆에 화보를 꼭 닮은 아이가 하나 있는 것만이 달라진 모습이었다.

　"네 딸인 게야? 언제 시집을 갔어?"

　"너 떠나고 바로 혼인했어. 연슬아, 인사 올려라. 엄마 어릴 때 친구이자 지금은 온 나라를 통틀어 가장 유명한 음악가 선생님이시다."

　화보의 말에 치마폭을 붙들고 말똥말똥한 눈으로 빤히 바라보던 여자아이가 꾸벅 인사를 했다.

　"연슬이. 이름이 아주 예쁘구나. 나는 우륵이라고 한다. 네 어머니와 이 동네에서 함께 나고 자란 친구란다."

　"나는 이문! 이문 삼촌이라고 부르면 된다!"

　수줍어하는 연슬이 귀여워 죽겠다는 듯 이문이 불쑥 튀어나와 자기소개를 했다. 연슬도 그런 이문이 싫지 않은 듯 배시시 웃으며 이문에게 인사를 했다.

　"우리 부모님 잘 계시지?"

　잠시 망설이던 화보가 이문에게 눈짓을 하며 연슬을 이문 쪽으로 슬그머니 밀었다.

　"연슬아, 이문 삼촌한테 풀피리 불어 달라고 해. 피리 불고 놀

다가 이따 들어오너라."

연슬이 팔짝팔짝 뛰면서 좋아했다. 눈치 빠른 이문은 화보가 자신에게 연슬을 맡기는 까닭이 있음을 짐작하고는 연슬의 손을 잡고 먼저 걸음을 옮겼다.

"왜, 무슨 일인데?"

우륵이 불안한 얼굴로 물었다.

"네 아버지…… 돌아가셨어."

화보가 한숨을 푹 내쉬며 말했다. 우륵의 눈이 커지며 몹시 흔들렸다.

"아버지가 너한테 알리려 애쓰지 말라 하셨어. 아버지 편찮으신 거 네가 알게 되면 분명 큰일 그르치고 집으로 와서 처박힐 거라고."

"자식이 돼서 아버지 임종을 지키지 못하다니……."

"쓰러져 누워 계실 때 동네 사람들이 문병을 가면 행여라도 다른 사람에게 알리지 마라, 절대 우륵이 귀에 들어가게 하지 마라, 그랬다가는 귀신이 돼서 괴롭힐 거다 그러면서 네 걱정만 하시다 가셨어."

"아버지가 대체 왜……."

"네가 떠나기 전에 아버지께 그랬다며. 왕께서 말씀하시길 이 가야가 이어 가게 할 수 있는 건 너뿐이라고 말이야. 아버지는 그 말을 하늘의 계시처럼 붙들고 계셨어. 아버지가 돌아가시기 전에 몇 달 동안 계속 하셨던 말이 뭔 줄 알아? 자신은 가야에서 태어나 평생을 바다를 오가며 살았는데, 정작 가야가 어떤 곳인지 알지 못하셨대. 그런데 네가 연주하는 음악을 듣고 마음이 너무 아프면서도 두근거렸대. 그러면서 처음으로 가야를 위해 죽어도 좋다는 생각이 들었다고 하셨어. 그동안은 무기를 들고 싸우는 게 나라를 지키는 길이라 굳게 믿었는데 네 음악을 들은 뒤부터는 가야인의 긍지와 마음을 전하는 것이 더 중요한 일이라고 생각하셨대."

우륵은 털썩 무릎을 꿇었다. 그리고 소리 없이 가슴을 치며 눈물을 흘렸다.

늘 무뚝뚝한 아버지였다. 우륵이 어릴 때는 사내놈이 악기를 다룬다고 싫은 내색을 하신 적도 많았고, 율현을 따라 사방을 떠돌아다닐 때는 하고 싶은 일을 해야 한다며 허락은 했지만 내심 걱정도 많이 했던 아버지다. 하지만 우륵이 왕에게 명을 받고 다시 떠난다 할 때, 아버지는 오동나무와 산벚나무를 잘라 악기를 만들어 주고, 혹여 악기가 망가지면 고칠 수 있게 여분의 조각까지 꼼꼼하게 챙겨 주었다. 다른 사람이 우륵에 대해 조금이라도 좋지 않은 이야기를 하면 역정을 내면서 감싸 주었다.

돌아가시는 날까지 우륵이 만들어 퍼트렸다는 곡을 흥얼거렸다는 아버지의 임종을 보지 못한 우륵의 가슴이 미어졌다. 한참 동안 눈물을 쏟아 낸 우륵이 비틀거리며 일어났다. 화보가 그렁

그렁 눈물을 매단 채 안쓰러운 얼굴로 우륵을 바라보았다.

"어머니는……?"

"어머니는 여전하시지. 지금도 매일 실을 잣고 천을 짜고 계셔."

"어서 어머니를 봬야겠어."

"그래. 얼른 가 봐."

우륵은 떨리는 다리를 끌며 집으로 향했다. 멀리 익숙한 풍경이 눈에 들어왔다. 어린 시절, 누이들과 뛰어놀던 곳, 늘 밥 짓는 연기가 피어오르던 고향 집이다.

"어머니!"

삽짝 안으로 들어서자마자 우륵이 큰 소리로 어머니를 불렀다. 늘 그랬듯 어머니는 부엌에 있었다. 어머니는 변함이 없었다. 예전보다 조금은 약해진 모습에 떨리는 목소리로 우륵을 부르는 것이 달라졌을 뿐이다.

"우륵, 우륵이냐?"

우륵이 달려가 어머니를 와락 안았다. 계속 어머니를 부르며 눈물을 흘리는 우륵을 꼭 안고 토닥이던 어머니가 우륵의 얼굴을 쓰다듬었다.

"많이 말랐구나."

"어머니……."

"잠깐 기다리거라."

어머니는 우륵을 마당에 세워 둔 채 방으로 들어가 무언가를 가지고 나왔다.

"이게 뭐예요?"

어머니는 보자기를 풀어 보여 주었다.

"시간 나는 대로 가야금 줄을 만들어 놨단다. 그리고 이건……
산벚나무로 깎은 기러기발이야. 아버지가 남겨 놓으신 거다."

"어머니!"

"가 보거라. 어차피 떠나야 할 길이라면 지체하지 말고 가거라.
이렇게 얼굴 봤으니 됐다. 내 살아생전에 다시 안 봐도 괜찮으니
가서 네가 해야 할 일을 하거라, 어서."

"그래도 아버지께 인사라도 드리게……"

"네 아버지 바다에 훌훌 뿌려 드렸다."

"네?"

"땅의 주인은 바뀌지만 바다의 주인은 따로 있지 않으니 바다
에 가서 쉬고 싶다 하셔서 바다에 뿌려 드렸어. 그러니 다니다가
바다가 보이거든 그때 아버지께 인사 올리거라. 그러면 된다."

부드럽지만 단호한 어머니의 말에 우륵은 그대로 집을 나오고
말았다. 어머니는 집 밖으로 나오지 않고 마당에 나무처럼 우뚝
버티고 선 채 우륵에게 손을 흔들었다.

우륵은 떨어지지 않는 발걸음을 애써 옮길 수밖에 없었다. 마
을 어귀까지 무슨 정신으로 나왔는지도 모르게 정신없이 걸었다.
한참을 멍하니 서 있던 우륵 곁으로 이문이 다가왔다.

"왜 여기 계십니까?"

우륵이 대답 대신 멀리 집이 있는 쪽을 바라보았다. 그때, 화보가 뛰어오는 것이 보였다.

"이거 가져가."

"뭔데?"

"아주머니가 전해 주라 하셨어. 가다 먹으라고⋯⋯."

화보가 전해 준 작은 보퉁이에 둥글게 뭉친 밥 몇 덩이가 들어 있었다. 다시는 못 볼지도 모를 아들을 그냥 보낸 어머니가 아쉬움에 눈물로 쌌을 게 분명했다.

"고마워. 그리고 잘 있어."

우륵은 화보에게 인사를 한 뒤 그대로 뒤돌아 걷기 시작했다. 영문을 모른 채 허둥대던 이문이 우륵의 뒤를 따라갔지만, 차마 말을 걸지 못했다. 우륵은 세상을 잃은 것처럼 서럽고 힘든 얼굴이었다.

화보는 우륵에게 어머니의 마음이 담긴 주먹밥을 전해 준 뒤 오랫동안 우륵의 뒷모습에서 눈을 떼지 못했다. 우륵의 쓸쓸한 뒷모습을 지켜보면서 우륵의 어머니와 나눈 대화를 떠올렸다. 왜 우륵을 그냥 보냈냐고 따지듯 묻는 화보에게 우륵의 어머니는 밥 한 술 먹이고 싶은 마음이 간절했지만, 먹는 모습을 보면 하룻밤 재우고 싶고, 재우고 나면 하루 더 머물게 하고 싶고, 그러나 보면 영영 보낼 수 없을 것 같아 모질게 보냈다고 했다. 그러고는 영

혼이 다 빠져나간 듯 해쓱해진 모습으로 주먹밥을 싼 보퉁이를 화보에게 전해 주고는 집 뒤쪽으로 가서 깊고 깊은 속울음을 쏟아 냈다.

어머니와 헤어지고 걷는 길, 우륵은 계속 흘끔흘끔 눈치를 보고 있는 이문에게 왜 그냥 떠나왔는지를 설명했다. 황망하고 슬픈 소식에 이문 또한 울고 싶은 마음이 가득했지만 우륵의 마음을 헤아려 참고 또 참으며 묵묵히 걷기만 했다.

어느덧 두 사람은 신라 쪽 국경에 다다랐다. 우륵이 자신의 신분을 밝히자 국경을 지키고 있던 군인들이 갑자기 분주해졌다. 그리고 우륵과 이문을 기다리게 한 뒤 급하게 파발을 보냈다.

반나절이 지나고 두 사람 앞에 우륵에게 진흥왕의 전갈을 가져왔던 유진이 나타났다.

"와 주셔서 고맙습니다. 함께 가시지요."

진흥왕이 머무는 궁으로 가는 길, 우륵은 번화한 신라의 도성 거리를 보며 마음이 착잡해졌다. 가야와는 전혀 다른 활기찬 모습이었다. 사람들은 힘이 넘쳐 보였고, 그들이 입고 있는 옷은 화려했으며 장신구는 번쩍거렸다. 자유롭게 다니며 물건을 사고팔았고, 곳곳에서는 음악 소리가 끊이지 않았다.

"스승님, 지금 들리는 이 음악……."

저잣거리에서 들리는 음악에 귀를 기울이던 이문이 화들짝 놀라며 우륵을 바라보았다. 피리 소리이기는 하지만 우륵이 가야금

곡으로 만든 사팔혜가 분명했다.

"그래. 나도 듣고 있다."

두 사람의 말을 들은 듯 유진이 묻지도 않은 말에 대답했다.

"이미 신라에도 선생님의 음악이 퍼져 있습니다. 왕께서 선생님을 모셔다 연주를 듣고 싶어 하시는 것도 이 때문입니다."

"신라 사람들이…… 가야의 음악을 듣고 노래한다는 말씀입니까?"

"그렇습니다."

순간 우륵은 가실왕의 마음이 어떤 것이었는지 강하게 느껴졌다. 가실왕이 꿈꾸던 모습을 자신이 본 듯해 생각이 깊어졌다. 이런저런 생각을 하는 동안 어느덧 궁에 다다랐다.

가야의 악사로서 신라의 왕을 만나는 첫 자리였다.


## 12. 배신자라는 시선

진흥왕은 격을 두지 않고 친근하게 대했지만 은근하게 근엄함이 느껴지는 사람이었다. 우륵을 만나자마자 가야금을 직접 만져 보고 싶다며 우륵 옆에 바짝 붙어 앉아 줄을 퉁겨 보며 이것저것 물었다.

"그래, 이 가야금의 원리가 무엇인가?"

"가야금의 몸통은 오동나무입니다. 단단하고 잘 휘지 않는 나무지요. 그 견고함이 뛰어나 딸을 낳으면 그 아비는 오동나무를 심어 잘 키웠다가 딸이 시집을 갈 때 베어 장을 만들어 줄 정도입니다. 오동나무로 만든 이 몸통은 속이 비어 있습니다. 줄을 퉁겨 내는 소리가 나무의 빈 공간을 채워 나오는 울림 소리입니다. 가야금의 둥근 윗판은 하늘을 의미하고, 평평한 아래판은 땅을 상징합니다. 여기에 붙어 있는 이 받침을 기러기발이라 하는데 이 또한 나무로 만듭니다. 제 가야금은 아버지가 산벚나무로 기러기발을 만들어 붙였지만 배나무, 박달나무, 대추나무 등으로도 만들 수 있습니다."

"오, 그렇군. 내가 아는 중국 악기는 아래로 둥글게 배가 부른 형태인데 가야금은 위로 둥글게 배가 불러 보이는구먼. 이것도 이유가 있는가?"

"아마 쟁을 말씀하시는 듯합니다. 처음 가야금의 모양은 쟁과 닮았었으나 연주를 계속 하다 보니 무릎에 올려놓는 부분이 둥글 경우 소리가 흡수되어 탁해지더이다. 애써 가운데 빈 공간을 내고 좋은 명주 줄로 맑은 소리를 내게끔 만들어 놓았는데 몸에 닿아 소리가 탁해지는 것이 안타까워 이리저리 궁리한 끝에 둥근 면을 위로 하여 소리가 좀 더 맑게 퍼지게 만들었습니다."

"과연 공이 많이 들어간 악기로군."

"가야금은 세상의 이치를 담고 있는 악기입니다. 하늘과 땅을 닮게 그 모양을 만들고, 육 척의 길이는 율을 의미합니다."

"율이라 하면…… 음양 중에 양의 소리를 말하는 것인가?"

"그렇습니다. 본디 소리에도 음과 양이 있다고 보는 것이 악기 다루는 자들이 음악을 보는 기준인데, 율은 양의 소리, 여는 음의 소리라고 구분하고 있습니다. 각각 여섯 음으로 이루어져 이 율과 여가 어우러져야 비로소 균형 있는 음악이 되는 것입니다. 육 척의 길이는 이 여섯 음을 의미하여 정한 것입니다."

"그렇다면 다른 것에도 의미가 있는가?"

"괘의 높이는 삼 촌인데 이는 하늘, 땅, 사람의 삼재를 뜻하는 것이고, 열두 줄은 일 년 열두 달을 고루 담겠다는 의미입니다."

"무엇 하나 의미 없는 부분이 없구나. 과연 영묘한 악기로고. 그렇다면 자네가 직접 이 악기를 만드는가? 어떻게 만드는지 설명해 주겠나?"

"제가 직접 만들기는 합니다만, 가야금을 만드는 것은 많은 기술이 필요한 작업입니다. 우선 목재를 가공하는 기술이 필요한데 가운데 통과 윗판을 알맞게 끼워서 붙여 만듭니다. 아교를 쓰게 되면 단단하게 붙기는 하나 그 소리가 탁해지기 때문에 서로 잇대어 붙이고 옻칠을 해서 마무리합니다. 예로부터 가야는 철을 능숙하게 다루는 사람들이 많아 철기로 된 기구들이 발달했는데, 그 덕에 이렇게 정교한 악기도 만들 수 있었습니다."

"아교를 쓰지 않고 이 모든 것을 조립한다는 것인가. 한 치의

오차도 없어야 하는 예민한 작업이겠군."

"그렇습니다. 또한 몸통만큼이나 중요한 것이 바로 줄입니다. 이 줄은 최고급의 명주실을 꼬아서 만들어야 합니다. 각각의 소리는 실의 굵기에 따라 달라지기 때문에 줄을 갈아 끼울 때는 실의 굵기를 맞추는 것과 동시에 팽팽한 정도까지 조절해 주어야 제대로 연주할 수 있습니다. 이 또한 가야 사람들이 오래전부터 누에를 치고 실을 잣는 데 능했기에 잘 만들 수 있었습니다."

"대단하네. 어느 것 하나 허투루 만든 것이 없어."

"송구하오나 가실왕께서는 수년 동안 도량형을 연구하시며 이 가야금의 원형을 만들었습니다. 소리의 높이와 강약을 제대로 표현하기 위해서는 높이와 넓이의 비율이 정확해야 했기에 끝없는 연구를 통해 지금의 모양을 만든 것입니다."

"놀랍네! 내 곧 신하들을 모아 자리를 마련할 터이니 그곳에서 꼭 연주를 해 주게. 모두 함께 모여 듣고 싶네!"

우륵에게 가야금에 대한 이야기를 듣고 흥분한 진흥왕은 대신과 귀족들을 불러들이라는 명을 내렸다.

진흥왕의 청을 받은 우륵은 다시 한번 고민에 빠졌다. 분명 가야의 마음을 전하기 위해 곡을 만들고 연주를 해 왔지만 적국인 신라 사람들 앞에서 연주를 해야 하는 상황이 마음에 걸렸다. 마음속으로 수백 번 그려 온 모습이고 그런 상황이 된다면 주저하지 않고 연주를 하겠노라 결심한 일인데, 정작 일이 벌어지자 가야인으로서 갈등이 되는 것은 어쩔 수 없었다.

이문이 손에 작은 토기를 든 채 우륵에게 다가왔다.

"스승님!"

"그게 무엇이냐?"

"성문 밖에서 잠시 보자고 하는 연락이 왔다 하여 나갔더니, 토기 장수가 있었습니다."

"토기…… 장수가?"

"예. 저를 돌봐 주었던 그 토기 장수 말입니다."

"그이를 못 본 지도 수년인데…… 우리가 여기 있는 것을 어찌 알고 너를 불렀다는 것이냐?"

"그것까지는 모르겠고 토기 장수가 이것을 스승님께 전해 주라 했습니다."

우륵이 이문의 손에서 토기를 넘겨받았다.

빗살무늬가 목에 촘촘하게 새겨진 토기는 넓은 접시모양의 받침대 위에 얹혀 있었고, 받침대와 토기의 몸통에는 알 수 없는 무늬가 가득 새겨져 있었다.

우륵이 심각한 표정으로 천천히 토기를 읽기 시작했다. 토기를 돌려 가며 한 줄, 한 줄 무늬를 보던 우륵의 얼굴이 뻘겋게 달아올랐다. 우륵은 바닥에 토기를 내려놓고 갑자기 주변을 둘러보았다. 우륵은 의아한 얼굴로 쳐다보는 이문에게 가실왕이 있는 궁의 방향이 어디냐고 물었다.

"지금 스승님이 계신 곳에서 오른쪽으로 조금 돌면 그쪽이 전하가 계신 방향입니다."

이문이 여전히 궁금증이 풀리지 않은 얼굴로 대답하자, 우륵은 천천히 그 방향을 향해 절을 했다.

한 번.

두 번.

세 번.

우륵은 마음속으로 되뇌었다.

'제가 살아 있는 한 저는 가야 사람입니다. 가야금이 이어지는 한 전하의 이름도 잊히지 않을 것입니다. 가야금에 담긴 가야의 혼을 꼭 대대손손 전하겠습니다.'

절을 마친 우륵은 토기를 높이 들어 내동댕이쳤다. 산산조각 나는 토기를 보며 이문이 놀라 소리쳤다.

"아니, 이게 무슨!"

"이문아! 나는 오늘부로 가야 사람이 아니다."

"네?"

"오늘부터 신라의 악사가 될 것이다."

"스승님……."

"모두가 나를 배신자라고 욕할 것이야."

"결국 그리하시겠습니까?"

"그래. 오래…… 좀 더 오래 가야의 음악을 연주하고 가야의 혼을 전하려면 이곳 신라의 악사가 되어야 할 것 같구나."

"혹시 그 토기는……."

"전하께서 보내셨다. 내게 가야를 떠남으로 더 오래 가야 사람으로 살아 주기를 바란다고 하셨다."

"가야를 떠남으로 더 오래 가야 사람으로 산다……."

이문은 우륵의 말을 한 번 더 곱씹었다. 그리고 깨진 토기 파편을 가만히 바라보았다.

가실왕은 우륵이 진흥왕의 부름을 받고 신라로 갔다는 소식을 들은 뒤 고민을 했을 터였다. 진흥왕이라면 분명 우륵을 탐낼 것이고, 우륵의 성정으로는 꼿꼿하게 연주를 한 뒤 다시 가야로 돌아올 것이 분명했다. 하지만 가실왕은 알고 있었다. 지금은 어떻게든 버티며 견디고 있지만 가야의 미래가 밝지 않고 국운이 다하고 있다는 것을. 그렇다면 더더욱 우륵이 가야로 돌아와서는 안 되었다. 우륵은 하루라도 더 오래 살아남아 가야의 혼을 전해야 하고, 그렇다면 신라에 머무르게 하는 것이 옳았다.

가실왕은 뼈를 깎는 심정으로 그 마음을 토기에 새겼고, 이를 우륵에게 보냈다. 그리고 우륵은 그런 가실왕의 마음을 오롯이 받아들였다. 방에 들어가 앉는 것도 허락하지 않은 채 자식을 떠나보냈던 어머니의 그 심정과 다르지 않음을 우륵은 알고 있었다.

"이문아! 내가 이곳에 머문다고 해서 너까지 함께 머물 필요는 없다."

"가야로…… 돌아가라는 말씀인가요?"

"가야는 네 고향이지 않느냐. 나는 배신자라는 소리를 듣고 욕을 먹어도 괜찮지만 너까지 그럴 필요는 없다."

"스승님이 계시는 곳, 바로 그곳이 제 고향입니다. 그리고 스승님이 가르쳐 주시지 않았습니까. 몸이 있는 곳이 아니라 마음이 있는 곳이 고향이라고. 가야금과 가야의 음률이 있다면 그곳이 제 고향입니다."

이문의 결연한 대답에 우륵이 고맙다는 듯 희미하게 웃으며 고개를 끄덕였다.

가실왕의 토기가 전달된 바로 그날, 우륵은 이문과 함께 신라로 망명했고 그로부터 며칠 뒤, 하림궁에서 가야금을 연주했다. 그 어느 때보다도 심혈을 기울인 연주였다.

진흥왕은 우륵의 연주를 듣고 몹시 감탄하며 칭찬을 쉬지 않았다. 하지만 귀족들의 입장은 달랐다. 망해 가는 나라의 곡조를 굳이 들어야 하냐고 반발하는 이도 있었다. 그리고 어떤 이는 한낱 악사 주제에 조국을 배신하고 망명해서 악기나 연주하고 있다며 비아냥거리기도 했다.

우륵은 그 모든 이야기를 한 귀로 듣고 한 귀로 흘렸다. 신라에서 살기로 결심한 순간부터 예상한 일이었기에 우륵에게 그런 시선과 빈정거림은 중요하지 않았다. 그저 우륵의 머릿속에는 신라 땅 곳곳에 가야의 음률이 퍼지게 해야 한다는 생각뿐이었다.

하림궁에서의 연주가 있고 며칠 뒤, 진흥왕이 우륵과 이문을 불렀다.

"이보게, 우륵."

"예. 말씀하시지요."

"내가 여러 날 고민을 해 보았는데 말이야. 이문이 자네의 제자로 모든 것을 전수받는다 해도, 이 신라 땅이 얼마나 큰가. 자네와 이문 둘이서 음악을 전파하기는 어렵지 않겠는가. 하여 자네에게 제자로 삼을 사람을 좀 붙여 주려 하네. 어떤가? 제대로 가르쳐서 음악을 좀 더 번성하게 만들어 보지 않겠는가?"

우륵은 당황했다. 이문 외에 제자를 키운다는 것은 생각해 본 적이 없었다. 하지만 왕의 제안을 거절할 수도 없고 마지못해 승낙을 했다. 우륵의 승낙에 기분이 좋아진 진흥왕은 우륵에게 국원(지금의 충주)에 거처를 마련해 주고, 세 명의 제자를 붙여 주었다.


## 13. 세 제자

"제 이름은 계고입니다. 대나마(신라 십칠 관등 가운데 열째 등급)로 일하고 있으며 전하의 명을 받들어 오늘부터 스승님을 모시고 귀한 음악의 세계에 발을 들이려 합니다."

"계고와 마찬가지로 대나마로 있는 법지입니다. 주지라고 부르셔도 되오며 저 또한 스승님을 하늘처럼 모시고 잘 배우겠습니다."

"저는 만덕입니다. 대사(신라 십칠 관등 가운데 열두째 등급)로 있으며, 앞으로 스승님을 성심껏 섬기고 열심히 가르침을 받아 신라의 음악을 발전시키고 전수하는 데 최선을 다하겠습니다."

진흥왕이 보낸 세 사람이 정중하게 인사를 했다. 우륵은 세 사람을 바라보며 생각에 잠겼다. 셋 다 눈이 총명하게 빛나고 있었지만 그 눈 뒤에 숨겨진 욕망을 읽을 수 있었다. 이들에게 과연 자신의 모든 것을 전해 주어도 될까 싶은 의구심이 들어 우륵은 마음이 복잡해졌다. 하지만 곧 마음을 고쳐먹었다. 본디 음악은 누구 하나만 차지해 누리는 것이 아니니 어떤 방식을 통해서건 자신이 만들고 지켜 온 가야의 음악이 사방으로 퍼지는 것이 무엇보다 중요하다는 생각에 마음을 돌렸다.

우륵이 세 사람에게 이문을 소개했다.

"이쪽은 내 제자 이문입니다. 그동안 나와 함께 다니며 음악을 만들고 연주해 왔지요. 나와 오래 함께하며 음악을 해 온 동지이니 존중해 주고 서로 의좋게 지내기를 바랍니다."

세 사람이 이문에게도 정중하게 인사를 했다. 서로 자기소개를 한 뒤 계고가 이문에게 청을 하나 했다.

"우륵 선생님의 연주 실력은 저희가 익히 들어 아는 바입니다. 하지만 선배님의 실력은 저희가 본 적이 없어 몹시 궁금합니다.

가능하시다면 저희에게 연주 실력을 보여 주실 수 있겠습니까."

정중하게 부탁하는 말이었지만 우륵과 이문은 계고의 의도를 단번에 알아차렸다. 실력이 있으면 선배로 인정하고 존중하겠지만 그렇지 않다면 무시하겠다는 마음이 담겨 있었던 것이다.

이문은 조용히 웃으며 한쪽에 놓여 있던 가야금을 가지고 와서 앉았다.

"제가 만든 곡으로 제 소개를 대신하겠습니다. 제 능력이 아직 미약하여 세 곡만 만들었는데 차례대로 들려 드리지요. 먼저 들려 드릴 곡은 오烏라는 곡으로 까마귀를 보고 지었고, 두 번째는 서鼠라는 곡으로 쥐를 보고 지었습니다. 세 번째 들려 드릴 곡은 순鶉으로 메추라기를 보고 지었습니다."

계고가 피식 웃으며 한마디 했다.

"아니 무슨 곡을 죄다 조그만 동물을 보고 지었을꼬? 큰 배포를 가지고 만들어도 모자랄 판에."

이문이 말을 이어 나갔다.

"사람의 머리가 하늘보다 큰가요? 사람의 가슴이 바다보다 넓습니까? 보이는 것은 비록 작고 보잘것없더라도 그 안에는 능히 하늘을 담고 바다를 담아냅니다. 음악도 마찬가지지요. 음악의 소재가 작고 소박한 것이면 어떻습니까. 그것을 담아내는 사람이 넓고 크다면 쥐를 연주해도 숲을 느낄 것이고, 메추라기를 연주하면 하늘을 보게 되지 않겠습니까? 제가 수년간 스승님과 다니면서 깨닫고 배운 것은 그것입니다. 먼저 배웠다 하여 으스댈 마음은 전혀 없습니다. 세 분도 이런 마음으로 음악을 대한다면 능히 저보다 훌륭하고 멋진 음악가가 되실 거라고 생각합니다."

계고의 얼굴이 빨갛게 달아올랐다. 무너져 가는 나라, 가야에서 온 이름 없는 음악가를 골려 주고 싶은 마음에 던진 말인데 이문의 대답이 그를 부끄럽게 만들었다.

차분히 말을 마친 이문이 가야금에 손을 얹고 연주를 시작했다. 밝고 경쾌한 가락에 자기도 모르게 어깨를 들썩이며 박자를 맞추게 되는 기분 좋은 음악이었다.

세 곡을 연달아 연주한 이문이 마지막 음을 힘 있게 퉁긴 뒤 조용히 일어나 세 사람에게 꾸벅 인사를 했다. 그 모습을 담담하게 지켜본 우륵이 새로 제자가 된 세 사람을 향해 말했다.

"이문이 가야금으로 인사를 했으니 그대들도 가진 재주들을 보여 줄 수 있겠습니까. 우리는 음악을 하는 사람들이니 음악으로 인사를 하는 것도 나쁘지 않을 것 같은데."

우륵의 말에 기다렸다는 듯 계고가 먼저 앞으로 나왔다.

"저는 쟁과 생황(관악기로, 한국 전통 악기 가운데 유일한 화음 악기)을 연주할 수 있습니다."

"생황? 신라에서도 생황을 연주합니까?"

"그 음이 좋아 백제와 고구려를 돌며 배웠습니다."

"오호, 화음을 좋아하는 것을 보니 두루 협심하여 좋은 음악을 만들 수 있겠군요. 그럼 무엇을 보여 주겠습니까?"

계고가 나머지 두 사람을 쳐다보며 대답했다.

"사실 저희 셋은 각자 잘하는 것이 조금씩 다릅니다. 저는 악기를 능숙하게 다룰 줄 알고, 법지는 목소리가 좋으며, 만덕은 몸의 움직임이 수려합니다. 셋이 한꺼번에 보여 드려도 되겠습니까?"

"무엇이든 좋으니 한번 보여 주시지요."

우륵과 이문이 멀찍하게 떨어져 앉았다. 계고가 쟁을 무릎에 얹고 첫 소리를 내자 만덕과 법지가 앞으로 나와 적당한 거리를 두고 섰다.

계고의 연주가 시작되자 법지가 노래를 부르기 시작했다. 웅장하면서도 맑은 목소리였다. 법지의 노래가 중간 정도 이어질 때쯤 쿵 하며 발을 구르는 소리가 악기의 일부인 듯 가락 안으로 스며들며 만덕이 움직이기 시작했다. 만덕의 움직임이 너무나 유연하고 아름다워 마치 음률이 만덕의 핏줄을 타고 천천히 흐르는 듯한 착각이 들 정도였다. 계고의 연주, 만덕의 춤, 법지의 노래가 어우러지자 음악은 한결 더 생생한 생명력을 지니고 흐르기 시작했다.

'진흥왕……, 과연 무서운 사람이구나.'

세 사람의 조화로운 공연을 지켜보며 우륵은 진흥왕이 왜 전문 악사도 아닌 관리 세 명을 자신에게 보냈는지 새삼 깨달았다. 가실왕이 음악으로 가야의 혼을 전하려 한다면 진흥왕은 음악을 통해 가야를 흡수하려는 생각임을 짐작할 수 있었다.

우륵의 생각은 정확했다.

가실왕이 우륵에게 곳곳을 돌아다니며 음악을 만들게 했다는 이야기를 듣고 진흥왕은 앉은자리에서 무릎을 쳤다. 수많은 전쟁을 통해 신라의 영토를 넓혀 가면서 해결해야 할 문제가 백성들의 마음을 하나로 묶는 것임을 뼈저리게 실감한 까닭이었다. 진흥왕은 자신이 한 고민을 가실왕도 이미 했고, 이를 해결하는 데 우륵이라는 든든한 조력자가 가실왕 옆에 있음을 꽤나 부러워했다. 그런데 다행인지 불행인지 가야는 조금씩 쇠락하고 있었다. 하지만 진흥왕은 섣부르게 가야를 공격하지 않았다. 대신 가야 사람들이 신라에 대한 경계를 늦추게 하는 데 공을 들였다. 국경을 지키는 군인들에게 말을 타고 국경 근처를 돌며 놀게 하는 것이 진흥왕의 작전이었다. 처음에는 말 탄 군인들이 국경 주변을 어슬렁거리는 것을 보고 가야의 군인과 백성들은 긴장하면서 공격에 대비했다. 그런데 공격은커녕 오히려 슬렁슬렁 다니며 먹을 것을 주고 가고 말도 한두 마리씩 놓고 가는 신라 군인들을 지켜보며 가야 사람들은 점점 경계를 허물기 시작했다. 어느 곳에서는 신라 군인들과 함께 어울려 고기를 구워 먹기도 하고 짚으로 둥글게 만 공을 가지고 함께 놀 정도였다.

그렇게 몇 달이 지나자 신라와 경계를 마주하고 있는 지역의 가야 사람들은 더 이상 말을 탄 신라 군인을 보고도 놀라지 않게 되었다. 이 모든 것이 진흥왕이 예상한 대로였다. 이미 적개심이 사라진 사람들을 공격하는 것은 어려운 일이 아니었기에 신라가 가야로 쳐들어가는 것은 시간문제였다. 하지만 진흥왕은 섣불리 움직이지 않았다. 이러한 분위기가 좀 더 무르익으면 굳이 전쟁을 하지 않고도 가야를 흡수할 수 있다고 생각하며 때를 기다렸다. 이미 몇 군데 지역에서는 가야 사람들이 스스로 신라에 귀속되기를 원한다는 의사를 밝히고 있었기에 길게 끌지 않아도 될 일이었다. 이런 흐름상, 지금이라면 경계심이 사라진 가야 사람들을 고스란히 신라로 흡수할 수 있겠다는 생각을 하던 차에, 우륵을 만난 것이다.

진흥왕은 우륵의 연주를 들은 후 이를 정치의 수단으로 써야겠다는 생각을 했다. 그러기 위해서는 우륵이 가진 모든 것을 배우고 흡수할 머리 좋은 사람이 필요했다. 음악에 재능을 가지고 있을 뿐만 아니라 정치에도 능해서 이를 신라에 맞게 바꿀 줄 아는 사람. 그렇게 뽑은 사람들이 바로 계고, 법지, 만덕이었다. 진흥왕은 세 사람을 우륵에게 보내기 전에 이들에게 가야의 것을 그대로 따르지 말고 신라의 것으로 바꿀 수 있게 제대로 배워야 한다는 명을 내렸다.

우륵은 진흥왕이 제자 이야기를 처음 꺼냈을 때는 그저 가야의 음악을 알리는 방법이라 생각해 받아들였다. 그러나 세 사람의 재주를 보고 그들이 신라에서 어떤 자리에 있는 사람인지 알고 난 뒤 비로소 진흥왕의 저의를 파악할 수 있었다.

'어쩌면 이 또한 흐름일 수 있겠구나.'

세 사람의 춤과 노래, 연주를 들으면서 우륵은 시선을 돌려 먼 산을 바라보았다. 이제 더 이상 자신의 힘으로 어찌할 수 없는 변화의 파도가 밀려오는 것을 느꼈다.

가야의 마지막이 자꾸만 보이는 듯해 슬픔이 커졌지만 우륵은 담담하게 마음을 다스리고 세 사람을 성심성의껏 가르치기 시작했다. 세 사람은 예전의 이문이 그랬던 것처럼 우륵의 가르침을 빠른 속도로 흡수했다. 특히 계고의 솜씨는 우륵도 놀랄 만큼 뛰어났다. 받아들이는 속도도 빨랐지만 곡을 해석하는 능력이나 그것을 자기만의 방식으로 연주하는 능력이 감탄할 정도였다.

어느새 우륵은 계고에게 자신이 알고 있는 것을 아낌없이 알려 주고 있었다.

"스승님, 계고가 질투 납니다."

"그게 무슨 소리냐?"

"요즘은 계속 계고에게만 뭔가를 알려 주시지 않습니까. 저 살짝 서운합니다."

"너에게는 이미 다 알려 준 것이다. 내가 가장 활발하게 활동하던 전성기 때 가졌던 모든 능력을 너와 함께 나누었는데 대체 뭐가 그렇게 샘이 나느냐."

"그래도 요즘 통 저를 봐주시지 않으니……."

"이문아! 너는 진흥왕이 우리를 신라인으로 받아 주었다 생각하느냐?"

"관직도 주고 집도 주고 제자까지 모두 마련해 주었으니 그런 것이 아니겠습니까?"

"그래? 난 다르게 생각한다."

"무슨 말씀인지요?"

"말이 좋아 선생이고 진흥왕이 총애하는 악사이지, 지금의 나는 이곳에 유배를 온 것이나 다름이 없구나."

"스승님……."

"내 마음대로 떠돌아다니던 시절이 몹시 그립다. 어린 너를 만났던 고마나루, 너와 함께 단출하게 곳곳을 다니며 곡을 짓고 연주를 하던 시절, 그 모든 것이 그립구나."

"왜 그런 말씀을 하세요. 꼭 멀리 떠나실 것처럼."

"여기서 한 발짝도 움직이지 못하는데 내가 어딜 갈 수 있겠느냐. 그저 답답해서 너를 붙들고 하소연해 본 것이야. 이 답답함을 내가 어디에 풀겠느냐. 제자들에게 음악을 전수하면서라도 해소해야 하지 않겠니. 다행히 저들이 참으로 음악을 사랑하고 아끼는 자들이어서 위안이 된다."

우륵의 표정이 쓸쓸해졌다가 멀리, 연습에 매진하고 있는 세 사람을 보며 다시 평온해졌다. 그런 우륵을 보며 이문은 잠시나마 질투를 했던 자신이 부끄러웠다.

"저도 좁은 마음을 버리고 연습에 매진하겠습니다."

우륵에게 꾸벅 인사를 한 이문이 세 제자가 연주를 하고 있는 곳으로 천천히 걸어갔다. 그들이 연주하는 음악이 조금씩 가까이 들릴수록 이문의 발걸음이 점점 느려졌다.

처음 듣되 낯설지 않은 가락이었다. 분명 우륵이 만든 곡인데 뭔가 다르게 변주되어 연주되고 있었다. 스승이 만든 가락을 바꾼다는 것은 상상조차 해 본 적이 없는 이문이기에 달라진 음악을 듣고 그만 화가 나고 말았다.

"대체 이게 뭐 하는 짓들입니까?"

세 제자가 화들짝 놀란 모습으로 동시에 이문을 바라보았다. 그들 앞에는 악기들이 흩어져 있고, 뭔가 기록하고 있었던 듯 붓과 종이가 사방에 어지럽게 놓여 있었다.

빠른 걸음으로 다가간 이문이 손에 잡히는 대로 종이를 들고 보았다. 우륵의 곡을 고치고 있었던 게 분명했다.

"대체 이게 다 무엇인지 설명해 주십시오!"

세 사람은 입을 꾹 다문 채 서로 눈빛만 주고받을 뿐이었다. 속 답답한 이문만 펄펄 뛸 뿐 세 사람은 미동도 없이 조용했다.

"무슨 소란이냐."

우륵을 본 세 제자가 그제야 당황한 얼굴로 고개를 숙이고 일어나 뒤로 물러났다. 우륵이 말없이 걸어가 종이를 집어 들었다. 우륵의 손이 가늘게 떨렸다.

"내가 지금 보고 있는 이게…… 무엇인가?"

우륵의 목소리가 분노로 차갑게 흔들렸다. 한동안 대답 없이 서 있던 세 사람 가운데 계고가 앞으로 나섰다.

"죄송합니다. 하지만 스승님의 열두 곡이 너무 산만하여 신라에 맞게 다섯 곡으로 고쳐 보았을 뿐입니다. 미리 말씀을 못 드린 것은……."

"그만."

우륵이 손을 들어 계고의 말을 막았다.

"내 열두 곡을 고쳐서 다섯 곡으로 만들었다는 말을 하고 있는 건가? 내게 말도 하지 않고?"

"송구하옵니다."

"자네들의 생각인가 전하의 명인가?"

"저희들의 생각입니다."

"그렇단 말이지……."

"원치 않으시면 다시는 연주하지 않겠습니다."

"연주해 보시게."

"네?"

우륵의 말에 깜짝 놀란 것은 세 제자뿐만이 아니었다. 이문의 눈은 커지다 못해 튀어나올 판이었다.

"당장 파문을 해도 모자랄 판에 들려 달라니요?"

이문이 따지고 들었지만 우륵은 꼿꼿했다.

"그대들이 고친 음악을 한번 들려주시게."

눈치를 보던 세 제자가 각자 자리를 잡고 앉았다. 평소에는 계고만 가야금을 연주했지만 이번에는 셋이 모두 가야금을 무릎에 올린 참이었다. 서로 눈짓을 주고받은 세 사람이 차례로 연주를 시작했다.

우륵은 가만히 눈을 감고 세 사람의 연주에 귀를 기울였다. 연주가 끝난 뒤에도 우륵은 눈을 감은 채 움직일 줄을 몰랐다. 오죽하면 이문이 당황한 얼굴로 우륵 앞을 왔다 갔다 하며 눈치를 볼 지경이었다.

우륵이 천천히 눈을 뜨고 세 사람을 차례대로 바라보았다. 우륵의 눈이 맑아져 있었다. 연주를 듣기 전 노기를 띠었던 얼굴도 차분하게 가라앉아 있었다.

"흥겹지만 방탕하지 않고 애절하지만 슬프지 않은…… 과연 청출어람이구나."

우륵의 반응에 이문과 세 제자는 깜짝 놀랐다.

"전하께 소식을 전하게. 전하 앞에서 연주할 만한 음악이네."

우륵이 조용히 일어났다. 이문이 우륵을 따라 나가며 물었다.

"스승님의 곡에 함부로 손을 댔는데 어째서 혼을 내지 않고 오히려 칭찬을 하십니까?"

"나도 처음에는 화가 났지. 그러나 음악에 어디 정답이 있겠느냐. 너도 듣지 않았느냐. 잘 만든 곡이니 칭찬하는 것은 당연한 일. 이제 뒤로 물러날 때가 된 것 같다. 이문이 너도 네가 하고 싶은 음악을 마음껏 해야 한다, 내 눈치 따위 볼 필요 없이.”

우륵이 이문의 등을 툭툭 두들기고 천천히 처소로 걸어갔다.

그날 저녁이었다. 먼 곳에서 봉화가 오르면서 국원 땅 주변이 시끌시끌해졌다.

“대가야를 함락했다! 이제 신라의 땅이다!”

멀리서 가야를 정복한 신라인들의 환호성이 넘실넘실 들려왔다.

우륵은 가야금을 품에 안고 오래오래 가실왕이 있는 방향을 향해 엎드려 울었다.


## 14. 가락에 실려 가얏고

대가야가 함락된 뒤 우륵은 두문불출하며 악기만 연주했다. 밥도 잘 먹지 않고 방에서 나오는 일도 드물었다. 끼니때마다 이문이 가져다주는 죽과 과일 몇 조각으로 간신히 버틸 뿐이었다. 진흥왕이 우륵의 건강을 걱정해 따로 귀한 음식을 내려 주어도 우륵은 먹는 시늉만 하고는 끝이었다.

그렇게 몇 달이 지난 어느 날, 보다 못한 이문이 진흥왕에게 청을 넣었다. 우륵의 건강이 염려되니 부디 자유롭게 돌아다니며 악기를 다루는 삶으로 돌아갈 수 있게 해 달라는 것이었다. 스승을 걱정하는 이문의 간절한 마음을 받아들인 진흥왕은 우륵에게 더 이상 국원에 머무르지 않아도 괜찮으니 마음껏 발길 가는 대로 살아도 된다고 허락했다.

우륵은 십 수 년 만에 처음으로 국원 밖으로 나갈 채비를 시작했고, 이문 또한 묵묵히 우륵을 따라갈 준비를 했다.

"이곳을 떠나면 따뜻한 잠자리와 기름진 음식과는 이별일 텐데 괜찮겠느냐?"

이문이 씩 웃으며 대답했다.

"스승님께서 잊으신 모양인데 제 인생의 절반을 거리에서 보냈습니다. 호화로운 잠자리는 이렇게 경험해 본 것으로 족합니다. 슬슬 등짝이 간지러운 것이 푹신한 이불이 아닌 돌 위에 깐 짚이 다 그리워질 지경입니다."

우륵은 오랜만에 함박웃음을 지었다.

"그래, 그렇지. 나도 마찬가지다. 이렇게 옷 보따리 하나에 가야금 하나씩 둘러메니 다시 가야를 떠돌아다니던 그 시절로 돌아간 것 같아 마음이 편안해지는구나."

"가시죠, 스승님."

"어디로 갈까?"

"스승님께서 언제 갈 곳 정하고 움직이셨습니까? 발길 닿는 대로 가다가 멈추어 선 곳이 자는 곳이고 자다 보면 머무는 곳이 되고 그러다 다시 떠나시지 않았습니까."

"맞다, 맞아. 그러면 우선 고향으로 가자. 거기서부터 다시 한 번 시작해 보는 것이 좋겠다."

"저는 어디든 좋습니다."

해가 뉘엿뉘엿 지고 있었지만 우륵과 이문은 아랑곳하지 않고 밖으로 나섰다. 여기저기에서 우륵을 알아본 사람들이 인사를 하고 손을 흔들기도 했지만 이 또한 개의치 않고 두 사람은 성문 밖으로 나섰다. 문지기가 어두워지면 성문을 닫을 것이니 위험한 밖에 있는 것보다 안에 머무는 게 낫지 않겠냐고 붙잡았다. 우륵은 성 안과 밖 모두 사람 사는 곳인데 어디가 더 위험하고 어디가 덜 위험하겠느냐며 문지기의 계속되는 만류를 뿌리쳤다.

성 밖으로 나온 우륵과 이문은 오랜만에 가슴속 깊은 곳까지 시원해지는 것을 느꼈다. 늘 어딘지 모르게 꼭 묶여 있는 것처럼 답답했던 마음이 매듭이 풀린 것처럼 가벼워졌다.

처음 두 사람이 만날 때 그랬던 것처럼 우륵과 이문은 천천히 길을 걸었고 쉴 때면 어김없이 가야금을 연주했다. 숲에서 연주를 하면 산짐승들이 귀를 쫑긋거리며 모여들었고, 사람이 사는 마을에서 연주를 하면 어느새 구름처럼 사람들이 몰려들어 연주를 들었다.

연주를 들은 사람들 중에는 집으로 불러 융숭하게 대접하는 이도 있었고, 먹거리나 입을 거리를 전해 주는 이도 있었다. 평소 가야금을 연주할 줄 알고 우륵의 명성을 들었던 사람들은 우륵에게 자신의 집에서 며칠 머물며 가야금 타는 법을 한 수 가르쳐 달라고 청하기도 했다. 그러면 우륵은 거절하지 않고 사람들에게 자신만의 가야금 연주법을 알려 주었다. 자신이 만든 열두 곡을 모두 아낌없이 가르쳐 주고, 세 제자가 만든 다섯 곡도 더불어 전했다. 물론 이문이 만든 곡들도 자주 연주했다.

우륵이 진흥왕과 함께하는 동안 신라에도 가야금은 꽤 많이 퍼져 있었다. 우륵이 미처 알지 못하는 곡도 백여 곡이 넘게 만들어져 연주되고 있을 만큼 이미 가야금은 신라 사람들에게 익숙한 악기가 되어 있었다.

우륵은 가실왕이 원한 것이 바로 이게 아니었을까 생각하며 가야금을 좋아하고 연주하는 사람들을 흐뭇하게 바라보곤 했다. 그렇게 우륵과 이문이 걷는 길에는 가야금 소리가 끊이지 않았다.

얼마나 떠돌아 다녔을까. 홑겹을 입고 길을 나설 만큼 따뜻했던 날이 어느새 겹겹이 옷을 껴입고 다녀야 할 정도로 추워졌다. 살짝 흐린 하늘에서 눈발이 날리던 어느 날, 여기저기를 둘러 오던 두 사람이 멀리 마을이 내려다 보이는 산등성이에 멈추어 선 채 한동안 말이 없었다. 고향 땅이 보였다. 한바탕 전쟁이 쓸고 지나가서인지 많이 바뀐 듯했지만 익숙한 산과 들은 기억에 남아 있는 그대로였다.

우륵이 천천히 주변을 둘러보았다. 무너진 집과 비어 있는 마을을 보면서 가슴이 아파 왔지만 그럼에도 그 어느 곳에서보다 마음이 편해졌다.

"이문아! 저 산 안으로 들어가면 작은 계곡이 하나 있는데 우리 둘이 소박한 집 하나 짓고 살 만한 곳이다. 그곳에 자리 잡지 않겠느냐?"

"좋습니다. 저도 더 이상 사람들 속에서 살고 싶은 생각은 없습니다."

"내 기억이 맞는다면 계곡 옆에는 가야금을 만들 수 있는 좋은 나무들이 많이 자라고 있다. 양지바른 곳도 있고 그늘졌지만 바람이 잘 통하는 곳도 있지. 그리고 바위가 많아서 소리의 울림을 듣기도 좋고. 일단 한번 가 보자꾸나."

둘은 부지런히 걸음을 옮겼다. 어릴 적 기억을 더듬어 찾아간 계곡은 우륵이 생각한 것보다 훨씬 울창한 나무들로 가려져 있었다. 열매 맺는 나무들도 많고 근처에 물고기를 잡을 수 있는 냇물도 있어 먹는 것은 걱정할 필요가 없는 곳이었다.

"여기 작은 집도 하나 있습니다."

계곡 주변을 둘러보던 이문이 큰 소리로 우륵을 불렀다. 가까이 가서 보니 이문의 말대로 작은 집이 하나 있었다. 산지기가 사냥철에 잠깐 머물던 곳인 듯 사냥한 짐승을 다듬는 너른 공간도 마련되어 있었고, 작지만 부엌도 딸려 있었다. 불을 때면 고루 따뜻해지는 방도 있는 제법 넓고 쓸모 있는 집을 보고 우륵이 반색을 했다.

"아주 잘되었어! 조금만 손을 보면 당장 오늘부터라도 지낼 수 있겠다. 이런 집이 있을 줄은 몰랐는데…… 하늘이 우릴 돕는 모양이다!"

"그러게요. 저 너른 공간은 나무를 말리고 가야금을 만드는 데 아주 적당할 듯합니다."

"그래. 이곳에 머물면서 가야금도 만들고 연주도 하며 여생을 보내면 되겠구나. 역시 돌아오기를 잘했어."

신이 난 이문과 우륵이 소매를 걷어붙이고 집을 정리하기 시작했다. 제법 단단하게 흙을 발라 만든 집이어서 썩은 지붕만 정리하고 치우니 제법 그럴듯한 공간이 되었다. 우륵이 차분히 집을 치우는 동안 이문은 주변을 돌아다니며 쓸 만한 것들을 모았다. 녹슨 공구를 집어 오고, 나뭇가지를 주워다 불을 피우기 시작했다. 싸늘했던 집에 온기가 돌면서 비어 있던 집은 제 주인을 찾은 듯 아늑해졌다.

저녁을 지어 먹은 두 사람이 나란히 앉아 가야금을 조율했다. 우륵이 먼저 연주를 시작하고 이문이 뒤를 이어 우륵의 연주와 어울리는 음을 내며 연주를 했다.

"이문아! 이곳이 가야이지 않겠느냐. 가야의 땅은 누군가가 빼앗아 주인이 바뀌었을지 몰라도 가야의 음악을 듣고 그 마음에 가야를 담는다면 그 사람은 영원히 가야인이고, 그 사람이 있는 곳이 바로 가야일 것이다."

"네. 이곳이 가야입니다. 나라의 주인은 사람인데 그 사람이 가야를 가슴에 품고 있다면 서 있는 모든 땅이 가야일 테지요."

"바로 그거다. 그러니 나는 죽는 날까지 가야의 음악인으로 가야의 소리를 연주할 것이다."

우륵이 우는 듯 웃는 듯 오묘한 얼굴로 다시 가야금을 연주하기 시작했다. 곧이어 이문이 연주를 이었고, 마치 대화를 하듯 주고받는 두 사람의 음악이 메아리처럼 계곡 구석구석에 퍼져 나갔다.

가야의 음악이 다시 곳곳에 새겨지기 시작했다.


고령군 대가야읍 가야금길에 있는 정정골에 얽힌 이야기다. 우륵이 가야금을 연주했던 계곡으로, 그 소리가 울려 정정골이라 했다 한다. 가야금의 골짜기라 하여 금곡이라고도 불렸으며, 현재 우륵박물관이 자리하고 있다.

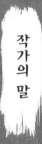

작가의
말

'가야금'을 모르는 사람은 없다. 가야금 하면 자연스럽게 떠오르는 이름, '우륵'을 모르는 사람도 별로 없을 것이다. 그런데 가야금과 우륵을 아는 사람도 '가야'라는 나라에 대해 물으면 잠시 머뭇거리게 된다. 어느 정도 안다고 해 봐야 삼국 시대 한반도 남쪽에 연맹 형태로 존재한 나라라는 정도의 지식이 전부인 경우가 많다.

비록 중앙 집권 국가로 발전하지 못한 채 멸망했지만 가야는 분명 어엿한 나라였고, 남아 있는 흔적을 면면이 살펴보면 그 문화적인 발전과 예술적인 감각은 삼국 못지않게 훌륭했다.

그런 가야가 가야금이라는 악기를 남긴 채 사라질 수밖에 없었던 이유를 나 나름대로 상상해 보았다. 나라를 이루는 바탕이 눈에 보이는 땅과 군사, 재산뿐만 아니라 문화를 공유하는 사람들이고, 그 사람들이 함께 느끼는 감정, 즉 애국심이 아닐까 하는 데서부터 소설의 발상이 시작되었다.

우륵의 정체가 '밀정'이었다는 가정은, 예술적 재능을 인정받으며 시대를 초월하고 국경을 넘나들며 악사로 살았던 그의 인생 한 부분을 상상하기 위한 장치였다. 이렇게 우륵을 '가야, 백제, 신라 세 나라의 균형을 위해 활약한 밀정'으로 설정하고 나니 많은 부분을 자유롭게 상상할 수 있었다.

사실 우륵은 생몰 연도가 알려져 있지 않다. 그가 태어나고 자란 장소, 머물렀던 곳, 부모와 형제, 스승과 연인, 그에 관한 모든 것이 확실한 기록으로 남아 있지 않다. 우륵이 가야금을 만들었다는 의견도 있고 가실왕이 만들어 우륵에게 전파하게 했다는 기록도 있다. 또한 진흥왕이 순수한 의도로 제자를 붙였다는 의견이 있는 반면, 그 제자라는 존재가 우륵이 지닌 음악적 재능을 뽑아내려 붙인 일종의 음악 밀정이었다는 의견도 있다.

하지만 이 모든 '정확하지 않은' 이야기들 가운데 딱 한 줄 일치하는 기록이 있다. 바로 우륵이 가야 사람이며 그가 연주하는 음악에 가야의 혼이 담겨 있었다는 사실이다.

나의 상상은 여기서부터 시작되었다.

우륵의 삶에 있어 정확하게 남아 있는 몇 가지 기록을 놓고 그 사이사이에 있었을 법한 사건들을 마음껏 재구성해 보았다. 그리고 이 과정에서 우륵이 어쩌면 그의 재능을 무기 삼고 재주를 방패 삼아 국경을 넘나들며 삼국의 균형을 꾀하고 음악을 통해 가야의 혼을 전달한, 가야의 혼을 지닌 마지막 사람이 아닐까 생각했다.

가야에 대한 자료를 구하기 위해 몇 번이나 대가야박물관과 우륵박물관을 방문했다. 그곳에 있는 자료들을 보고 또 보며 우륵이 살았던 시대를 상상했다. 그렇게 가야에 대해, 우륵에 대해 생각하면 할수록 그가 점점 더 크게 느껴졌다.

단순히 악기를 만들고 연주하는 음악가가 아니라 내 나라가 스러져 가는 순간 나라를 이루는 바탕이 사람임을 깨닫고, 그들이 일군 문화의 명맥을 잇기 위해 자신의 소임을 다했다는 것. 그것은 어쩌면 전쟁에서 칼을 들고 싸우는 것만큼이나 숭고한 일이었을지도 모른다. 만약 그가 망해 가는 조국의 현실에 좌절해 어디론가 숨어 버렸다면, 그래서 신라의 세 제자에게 음악을 전하지 않았다면 나에게는 지금 가야라는 나라도 가야금이라는 악기도 우륵이라는 악사도 존재하지 않을 테니 말이다.

우륵은 한 명의 악사였을 뿐이지만 그로 인해 상상할 수 있는 역사의 틈은 크고도 넓었다. 그 틈새에 잠시나마 들어갔다 나올 수 있게 해 준 악성 우륵에게 감사한다.

고영리

오늘의
청소년
문학
24

# 새김 소리

초판 1쇄 2019년 7월 26일
초판 2쇄 2020년 6월 10일

지은이 고영리

펴낸이 김한청
기획·편집 원경은, 이한경, 박윤아, 이건진, 차언조
마케팅 최원준, 최지애, 설채린
디자인 이성아

펴낸곳 도서출판 다른
출판등록 2004년 9월 2일 제2013-000194호
주소 서울시 마포구 동교로27길 3-12 N빌딩 2층
전화 02-3143-6478 팩스 02-3143-6479 이메일 khc15968@hanmail.net
블로그 blog.naver.com/darun_pub 페이스북 /darunpublishers

ISBN 979-11-5633-253-4 44810
ISBN 978-89-92711-57-9 (세트)